暖 阳

张儒学 / 著

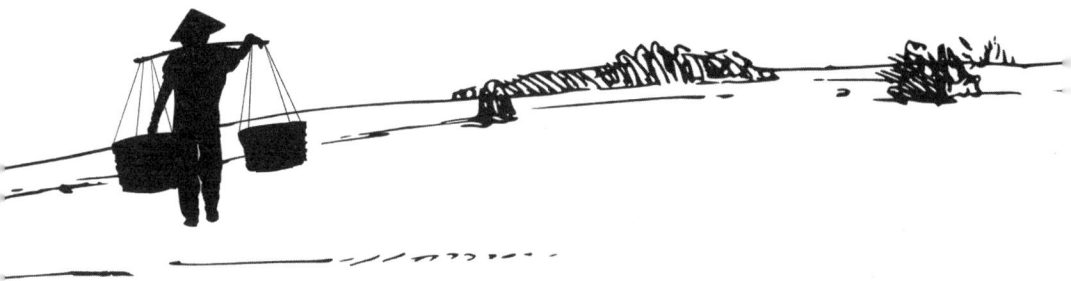

云南出版集团

云南人民出版社

图书在版编目（CIP）数据

暖阳 / 张儒学著 . -- 昆明 : 云南人民出版社，
2023.12
ISBN 978-7-222-20870-4

Ⅰ . ①暖… Ⅱ . ①张… Ⅲ . ①长篇小说—中国—当代
Ⅳ . ① I247.5

中国国家版本馆 CIP 数据核字 (2023) 第 198907 号

责任编辑　武　坤
装帧设计　谢蔓玉　刘昌凤
责任校对　王曦云
责任印制　代隆参

暖阳
NUAN YANG

张儒学　著

出　　版　云南出版集团 云南人民出版社
发　　行　云南人民出版社
社　　址　昆明市环城西路 609 号
网　　址　www.ynpph.com.cn
E-mail　ynrms@sina.com
开　　本　660mm × 960mm　1/16
印　　张　14.5
字　　数　193 千
版　　次　2023 年 12 月第 1 版第 1 次印刷
印　　刷　三河市元兴印务有限公司
书　　号　ISBN 978-7-222-20870-4
定　　价　59.80 元

如需购买图书、反馈意见，请与我社联系
总编室：0871-64109126　　发行部：0871-64108507
审校部：0871-64164626　　印制部：0871-64191534

云南人民出版社
微信公众号

我是在乡下长大的，对乡土情有独钟，我感恩那片热土，照亮了我的写作之路，愿《暖阳》这本书，能点亮读者的心扉，带给读者春天般的温暖。

张儒学

2023年10月24日

目 录
Contents

第一章

I

夏天，火辣辣的阳光洒满乡间，田野上充满着生机与活力。地里的玉米成熟了，那些玉米仿佛是一夜之间长大长高的，人们还来不及细想便闻到成熟的玉米与大地厚重的味道，给这个偏远的小山村也涂抹了一层朦胧的色彩。

顾大川虽然仍能跟正常人一样干活，但有时干起活来还是不如别人。要说出去打工，顾大川腿不好，肯定不好找活儿，但整天在家无所事事也不是办法，他觉得上天对他不公，本来是好好的，怎么一下子就成了瘸子呢？那都怪石萍，要不是她来他家玩，看到他家院前的李子树上的李子熟了想吃，他也不会背着父亲偷偷爬上树去给她摘李子，树枝一断，掉下来就摔成了这样子。如果不是石萍，他还跟其他人一样，不是考上大学继续读书，就是出去打工了，想那日子该多有滋味呀！

日子就像流水一样一去不返，许多事情都过去了，身体上留下的残疾可以克服，但心里的阴影却难以愈合。山还是那座山，人还是那个人，现在他自己都不相信是以前的自己了。仿佛对生活有些绝望的他，每当看到村里有人出去打工，他总是十分羡慕他们，有打工的人挣了钱回家，聊着外面是如何好时，他总是悄悄地走开，躲在一旁不敢面对他们。他是一个残疾人了，还能干得了什么呢，还能有啥出息？不是自己不想干点事，可在别人的眼中，他就是废人一个。

他想，难道就这样认命了，还算个男人么？他不相信这辈子就这样算了，腿虽然瘸了，但他还能干活，不管啥样的活他都能干。比起那些整天游手好闲的人，他还是要好得多。可别人就不这样认为，只看他的表面，只知道他是瘸子，别人愿意怎么说就让他说去吧。

最让他庆幸的是，石萍没有嫌弃他，知道她一直在心里关心着他，爱着他，要不是他腿残疾了，也许她心中早就没有他了。当然，也不排除这当中有自责和同情的成分，一个人如果有另一个人爱着、想着、关心着，比什么都强，但自己毕竟是个残疾人，她再喜欢他再爱他，也不可能走到一起的，原因很简单，他是个瘸子。

当他看着村里那些与他差不多大的人，一个个都好好的，而且还能干自己想干的事，不是上学就是出去打工，过得无比开心。想来想去，顾大川一时高兴一时愁，他又倒在床上睡觉，只有睡觉才让他与世隔绝，才能让他觉得有一个世界属于他，没人笑，没人说，更没人让他难过。

这时，父亲把他从床上叫起来，说："大川，你整天吃了睡，睡了就吃，这样跟自己过不去，值得么？你虽说腿有残疾，但你一样的能干活，要打起精神来，找点事干，才活得像个男人。"

顾大川看了父亲一眼，不想跟父亲多说，好像说也没什么用，他知道父亲看着他这样心里苦，巴不得他能像正常人一样生活，可他何尝不是这样想的呢？他起床后，懒洋洋地转了一下，说："田里的秧子插上了，地里的麦子也收了，该干的活儿不是干完了么，不睡觉又干啥？"

父亲听他这样说，不知是生气还是难过，他看了看顾大川，想着小时候一个好好的儿子，那时不知对他寄予了多大的希望。儿子天生聪明，活蹦乱跳，做父亲的不知有多开心。转眼间，儿子就成了残疾人，仿佛一切都不是真的一样，天都快塌了似的。儿子整天没精打采，一副失落的样子，他看着就心疼。可他又能做什么呢，劝也劝过，骂也骂过，不是瞧不起儿子，是想让他振作起来，能自强自立。可不管他怎么说，儿子还是听不进他的话，他还是改变不了这个现实。

父亲生气了，说："你看看别人，不是出去打工，就是在家发展副业，哪个像你这样，整天像找不到事干一样，你有点出息行不行？"

"我知道你看我不顺眼，我是个没用的人了。"顾大川也生气了，他说，"要不，我自己过，还能饿死不成。"

父亲一拍桌子，大声说："你就自己过嘛，我看你有多大的能耐，还能发起好大一个家？要是你真像你说的那样有本事，我还真为你高兴。可你看看你现在这个样子，能养活你自己么？"

顾大川懒得说了，他起身走了出去。村口很热闹，有人在那里聊天拉家常，也有人在小卖部里打牌，更有人只是在那里坐坐。现在村里大多数青壮年男子都出去打工了，留在家里的大多是一些妇女，照顾着家中的老人和小孩。一般地里的农活她们干得也少，全靠外面打工的男人拿钱回来花，没事时就围在村口说说话，打发孤独无聊的日子。

这时，村里一位妇女冲他一笑，说："大川，来坐坐，听听我们聊天嘛！"

大川知道她们聊的就是些家长里短，说不定还会拿自己取乐。在那里他找不到快乐，更找不到自信，于是摆了摆手走远了。

2

不知怎么的，顾大川现在最想见石萍，但他又不知道怎么去见她。吃了晚饭，他就走了出去。乡村的夜静静的，月光像一池满水无声地在天际中流溢着，晚风抚摸着柳梢，密密麻麻的星星像蚕卵似的布满了天际，明暗相间，忽闪忽闪的，就像姑娘那多情的眼睛，在长睫毛下扑闪着，青蛙们再也耐不住整整一天的寂寞，狠劲地擂起蛙鼓，在旷野中演奏着此起彼伏的打击乐章。

顾大川来到石萍的院前，可他不敢进屋，他只在屋外站着。正好石萍也从屋走出来，她看见了，却没有招呼他，又回屋里去了。顾大川慢慢地走到她院后的竹林边。这时，石萍来了，她问道："大川，你找我有事？"

顾大川说："没事，我只是出来走走，顺便来看看你。"

石萍明知道他没事，是专门来找她的。她有些搞不懂，有时她去找他，他却躲着不见，就是见了也不说一句话。今天他却主动来找她，是不是他真的从自卑中走出来了，想和她说点什么了？她亲切地拉着他的手，说："大川，我知道你是来找我的，你也是，有啥事就说嘛。"

顾大川听石萍这么一说，他也高兴了，他望着石萍，也拉着她的手，不知他是有话不好意思说，还是真的只是出来走走。他说："真的没事，石萍，我只是想和你说说话。"

他们紧挨着坐在竹林边，亲切地说着话。石萍说："大川，我现在整天在家里干农活，觉得太烦了，我也想出去打工。你看，村里那些出去打工的人都在外面发展得很好，有很多人都挣了不少钱回家。"

顾大川说："好呀，出去打工比在家好，我支持你，去吧，石萍。"

石萍把他的手握得更紧，身体也紧挨着他，亲切地说："大川，要不我们一起出去打工，这样我们就可以天天在一起了。"

顾大川听到她这样说，赶忙坐远了些，他抽出了手，轻轻地叹息道："我也想出去打工，可我……是个残疾人，谁要呀？"

石萍说："你别这样想，你除了腿有点残疾外，跟正常人一样，啥活都能干的，你要有信心。"

顾大川想了想说："我很想出去的，就是怕进不了厂，更怕别人笑话我。"

石萍又坐了过去，将身体紧紧地靠在他的怀里，十分深情地说："大川，你的腿是因为我被摔残的，我会照顾你一辈子。只要我们一起出去，肯定能进得了厂的，不管怎样，只要有我在，我绝不会扔下你不管的，再说只要我们一起出去打工了，就可以这样天天在一起了。"

顾大川说："让我好好想想再说，好吗？"

随后，他们再也没说这事了，顾大川的手将靠在他怀里的石萍抱得更紧了。

第二章

I

顾大川回家后，心里不踏实，因为他是一个残疾人，像石萍这样美丽的姑娘，真会嫁给他？就是她有这个心，可她家里人能同意？

又是一天，顾大川早已醒了，初升的太阳透过窗口照进屋里，屋里亮堂了许多。他睁开眼睛看了看，感觉时间不早了，可他还是不想起床，又在床上躺了好一阵。父亲吃了早饭早已下地干活去了，他出门前叫了顾大川很多次，他都没起来，最后父亲就懒得叫了，管他吃不吃。顾大川又睡了一会，起床后，他吃了饭，和往常一样去田野里走走。那一望无际的田野上种满了各种农作物，地里的玉米熟了。玉米秆在阳光的照耀下闪闪发光，无比美丽……

他看着这片土地，心情一下子好了许多。正好有一个放鸭的人赶着一群鸭过来，这人好像是外村的，顾大川不认识，那人叫道："兄弟，这田是你家的么？"

顾大川说："是我家的田，你鸭子进我家的田，会不会弄坏秧子呢？"

放鸭人赶忙拿出烟，递了一支给他说："你放心吧，鸭子不会弄坏秧子的，反而还会吃很多害虫，我这100多只鸭子来你田里转一圈，就当你多犁了一次田，多施了一次肥呢。"

天底下哪有这样的好事？鸭子进秧田不但不会弄坏秧子，反而还当施了一次肥，就是傻子也知道是在糊弄人的。他说："你的鸭子别赶进我的田，弄坏了秧子要你赔哟！"

放鸭人硬把烟递给他，并用打火机客气地给他点上，说："兄弟，我说的是真的，你没看电视么？电视上经常是这样说的。你要相信科学，鸭子进秧田不但没有害反而还有利。不信，你去问农技站的技术员？"

顾大川被他说得似信非信，他说："真的呀，不可能哟！"

"是的，这是有科学依据的，前不久我去镇农技站培训过。有很多人就是不相信科学，我们都是庄稼人，都是靠种田吃饭的人，如果鸭子真要弄坏秧子，我肯定不会昧着良心把鸭子放进秧田的，对不对？"

顾大川听后觉得他说得有道理，他说："你放这些鸭子，一年能收入多少？"

"买小鸭子来，放成大鸭子后就卖，一年最少能收入3万多吧。"

"能收入这么多呀？"

"如果这点收入都没有，那我还放鸭干什么，我早出去打工了。"

"那你放鸭比打工收入还高哟？"

"可能没有打工收入高，但我能照顾家庭，又能干农活，这样算来比打工更划算。"

顾大川听得有些心动了，出门打工怕进不了厂，这放鸭子的活他能干，又不需要体力，每天只要赶着鸭子到处放就行，不但日子过得充实，还能有一定的收入，他问道："这放鸭子要技术不？"

放鸭人看了看他，明白了他的心思，像他这样身体有残疾的人，出去不好找工作，他可能也想买鸭子来放，这个活儿最适合他。放鸭人笑了说："当然要，不过这养鸭子的技术简单，一学就会。怎么，你也想养鸭？"

顾大川摇了摇头说："不是，我只是随便问问。"

放鸭人说："兄弟，如果你想养鸭子，有哪些技术方面不懂的，到时你来找我，我一定帮你。"

　　顾大川就站在田边，看着那些鸭子进了他家的秧田，他真不相信鸭子会这么懂事，不弄坏秧子。可他看了好一阵，鸭子进到田里，一阵乱窜，可秧子仍好好的，而且那些鸭子还在秧苗上找虫吃，更让他吃惊的是，那些鸭子只往秧子空隙处钻，在鸭子走过的地方，秧子都没有被弄倒，这下他相信了放鸭人说的话。

　　顾大川问道："你这么多鸭子，要喂很多粮食吧？"

　　放鸭人笑了说："每天出来放，鸭子在田里都吃饱了，只有晚上要喂点粮食，但不要很多。你想，如果要喂很多粮食，那我还能赚到钱么？"

2

　　回到家里，顾大川想着要去买鸭子来放，找一个适合自己的事干，让自己不再被别人瞧不起。听那放鸭人说一年能收入3万多，要不了三五年他也能挣个八万十万，也像外出打工挣了钱的人一样，把自家的房子改修成小洋楼，到时他也要让那些人看看，他顾大川不再是一个没用的人。

　　有了这想法后，他又为这买鸭子的钱发起愁了。他不敢将这想法告诉父亲，因为他知道，父亲一直觉得他是个没用的人。一个人如果没啥想法还好，一旦有了要干什么的想法却无法实现，心里是非常难受的，他就倒上酒，心事重重地喝起来。

　　顾大川也想过，如果这放鸭的事不跟父亲说，他就没有本钱，根本干不起来。如果说了，万一父亲不支持，也等于白说，相反的还弄得父亲更看不起他。他边喝酒边想着这事，不管怎么想，也想不出个啥办法来。

　　父亲见他心事重重的样子，不知他在外面又弄出啥事来了。知道他心里苦，可是就算别人瞧不起他，也要自己瞧得起自己啊。父亲问道："你看你，以前整天睡觉，现在开始喝酒，每天都喝得醉醺醺的，你这不光是在折腾你自己，也是在折腾我们，你到底心里在想什么，你就说出来嘛。"

顾大川看了看父亲，从他记事时起，父亲就是这样和他说话的，不像母亲那样说起话来亲切，也不知父亲就是这个脾气，还是因为他是个瘸子才这样对他？他有些害怕，但他还是鼓起勇气说："我想买鸭子来放。"

父亲一听，原来是这个事，他不但没有生气，反正还笑了，说："买鸭子放，这是好事呀，你去买来放吧，总比你整天待在家里强。"

顾大川又喝了一口酒，说："我哪有钱？"

父亲走过去，把他的酒端开，大声说："整天喝得醉醉的，有啥用？坐过来，好好说说你这正事吧。"

顾大川看了看父亲，说："说有什么用，反正我做什么你都不支持我，现在想买鸭子放又没有有本钱，我除了喝酒还能干啥？"

父亲说："你怎么不早说？你买鸭子放是正事，只要你真的拿定了主意，我肯定支持，至于本钱嘛，我去给你借。"

顾大川简直不相信，一直对他没好脸色的父亲，似乎第一次在他面前展开了笑脸，而且还说去帮他借钱买鸭子，让他一时也不知说什么好，他感觉父亲不是他想象的那样不管他，虽然表面看上去对他冷冷的，实际上内心是在关心他的。

在父亲的帮助下，顾大川终于买了50多只鸭子，虽然比起那放鸭人说的100多只鸭子的目标还远，但他也知足了，父亲也尽力了。他想慢慢地发展，他从没养过鸭，没有技术也不知能否养成功？但他认为自己也不傻，至于养鸭技术他可以边放边学，一定能实现那个目标的。

这小鸭子在顾大川的精心喂养下，很快长成半大鸭子了，他便细心地赶着鸭子在田里放，他告诉乡亲们，在稻田里放鸭子能除草又能治虫，鸭子吃草根还吃秧苗上的害虫，一群鸭子就是一台最好的除草机和上好的杀虫药，说得乡亲们半信半疑。

有时，也有人说他："顾大川，你怎么把你的鸭子放到我田里了，你这么多鸭子不知吃了我好多秧苗，要是我今年少收了粮食，不找你赔才怪！"

顾大川说："鸭子不会吃秧苗的，你不信，去问镇上的农技员。"

"农技员知道个屁，赶快将你的鸭子赶走，要是我再看到你的鸭子进我田里，我就不讲人情了！"

秋收过后，稻田里空荡荡的，那些田野里的谷桩和稻草还慵懒地站立着，顾大川拿上一根长长的竹竿赶着鸭子到处去放，他打着赤脚，在泥泞的道路上一步一个脚印地走着。鸭子在水田里欢快游水，它们在寻找自己的食物，个个欢欣鼓舞。走到哪里就在哪里歇，他一个人挑着一个鸭棚子，鸭棚子就是他的家，当黑夜慢慢来临时，他就在鸭棚里面铺上简易的床，旁边围着鸭圈，他把鸭子赶进鸭圈后，就在鸭棚外垒起的几块石头，架上铁锅煮晚餐。田坝里的夜静悄悄，他仰躺在鸭棚里，对着天空数星星看月亮，耳边不时传来几声鸭子的叫声，他不知不觉就进入了甜甜的梦乡。

第二天，顾大川刚把鸭子赶进河里，那些鸭子就像顽皮的小孩子，扑腾扑腾地在河里乱跳，远远看去真是十分可爱。这时。欧和来了，他说："顾大川，你真行，什么时候当起鸭司令来了，佩服！"

顾大川看都懒得看他一眼，因为他知道欧和一来，准没好事。他说："你来干什么，我放我的鸭，总不会妨碍你什么事吧？"

欧和说："你说对了，我今天就是冲你的鸭子来的。"

顾大川走了过去，十分愤怒地盯着他说："欧和，你以为你是谁呀，我这鸭子哪里惹你了？"

欧和冷笑了一下，说："不是我跟你的鸭子过不去，也不是跟你过不去，我是为全村人安全，不得不来，因为你在河里放鸭，要污染水源，你想想，全村多少人会在河里洗衣洗菜，有的还要吃这河里的水。你这鸭子在河里一放，那这水还能吃和用么？"

顾大川明白，欧和是有意找麻烦，这么大一条河，几十只鸭子就能污染河水吗，再说天天都有从上游流下来的水，那被鸭子弄脏的水，转眼间就被冲走了。他说："欧和，别自以为是，你有啥权利来干涉我放鸭，现在镇里提倡搞种养，你还阻挡得了么？"

欧和说："我是村农技员，这就是我的职责。"

顾大川听他这么一说，一时也不知怎么说，更不知道说什么好。

欧和继续说："你看，这报纸上说的，一个村民反映，他们那儿河水好脏，经常有死猪、死鸭漂在水面上，水里还丢了饲料养鱼，有一村民挑这水吃了全家拉肚子。还有一则报道，有一个村民说，水库深处建有六个大鸭棚，养有上万只鸭。鸭粪直排河里，在水上泛起许多水点。清清河水变脏变臭，水不能用更不能吃了……"

顾大川打断他的话，说："你别说了，我明白，你就是看不惯我放鸭，告诉你，我偏要在这河里放，看这河水到底会不会变脏变臭？"

欧和生气了，大声吼道："顾大川，我现在正式通知你，为了全村老百姓用水安全，不准你再在河里放鸭子。如果你再在河里放，县环保局就会来对你进行处罚。到时，恐怕你这几只鸭子卖了也不够罚款。"

说罢，欧和转身就走了。

3

顾大川虽明白这是欧和有意找麻烦，但不管怎么说，如果真像欧和说的那样，出点啥事真不好，别为了这几个鸭子真的害了全村的人用水，他赶紧把鸭子赶上岸，向自家的水田赶去。

这时，他想起他们小时候在一起玩的情景。他和欧和、石萍三人是最好的朋友。欧和和顾大川的家只隔了一条河，只是欧和的父亲是村长，因为从小家庭条件优越，他在小伙伴中时时就像一个孩子王，一般的小伙伴都不愿和他玩。只有顾大川喜欢和他玩，因为顾大川老实，从不与他争，完全听从他的。顾大川知道，欧和对石萍好，他就离她远点，这让欧和觉得顾大川很懂事。

有一次，他们三人又去山坡上割草，和煦的春风拂面而来，像姑娘的发尖在脸上来回摩挲，有着丝丝的痒，直往心里钻。他们有说有笑，一头扎入大自然的怀抱，把嘴张大，深深地呼吸着沁人心脾的空气，倾听着万物复苏的声音。坡上小草露出尖尖的脑袋，笑盈盈地仰望着蓝天。路边的荠菜开满了花，正在风中摇摆着妖娆的身姿，相互间情意绵绵地私语着。路沟两边的农田里，刚被春雨滋润过的小麦、油菜像一张张铺设的毯子，一望无际，显得更加翠绿。

快爬到山顶时，因为山太高也爬累了，他们就在树丛中歇歇。欧和和石萍坐在树林里面，顾大川坐在离他们远远的树林外面，他先听见他们在里面亲切地说话，然后开心地笑着……突然，他听见树林里传来石萍的哭声，他马上跑进去，看见欧和正抱着石萍亲，而她正在努力挣扎，却挣不脱欧和那紧紧抱住她的手。

顾大川见此情景，怒火中烧，他大声地吼道："欧和，你干什么？你……你是在耍流氓呀？"

欧和听见吼声，急忙放开了石萍，对顾大川说："哪个叫你进来的，你敢管我的事，看我揍你不？"

顾大川也不甘示弱，他握紧了拳头，两人一下子扭打在一起。石萍赶忙走过来，努力拉开他们，哭喊着："你们别打了，别打了。大川哥，他……没对我怎样，我们走。"

石萍看都没看欧和一眼，拉着顾大川就走了。

从此，石萍总是躲着欧和，再不和他一起玩了。欧和把这一切归之于顾大川，都是他坏了他的好事。从此，他对顾大川恨之入骨，总想找机会报复他。有一次放学后，欧和约了几个同学，早早地在顾大川回家的必经之路等着，等顾大川一过来，他们对他就是一阵打，打完后他们就跑了。

　　这时，石萍刚好走过来，她见此情景，不问也知道是欧和干的，她把顾大川从地上扶起来，帮他擦掉被打出的鼻血，看着被打得鼻青脸肿的他，她哭着说："大川哥，都是我不好，让你挨打，明天我要去学校告诉老师，看他以后还敢打你不？"

　　顾大川强装着笑脸说："没事，石萍，你别告老师了，我没事的。"

　　石萍看着顾大川那么难受的样子，她心里比他还难受，没想到欧和这么狠，顾大川到底做了什么，他哪点不好呢？从此，她在心中充满着对欧和的恨。

　　石萍哭了，她说："大川哥，是我害了你，是我对不起你。"

　　顾大川强忍着痛，拍了拍身上的泥，笑了说："没事，过两天就好了。"

　　石萍就扶着他走，边走边问他疼不疼，他却只是摇头。

　　石萍看得出他因疼痛而轻轻地呻吟，她心里感到委屈和难过……

第三章

I

　　不久，村里传来不好的消息，柳花的丈夫在外面建筑工地上干活出事故死了，这让村里人难以相信，一个好好的大活人，怎么说没就没了呢？只有三十岁的柳花就成寡妇了，这个事实让全村人一时间都难以接受，她也不得不去面对。

　　柳花的公婆都先后去世，家里只剩下她和一个正在上小学的儿子。以前丈夫在外面打工，虽然难得回一次家，但家里的一切开支全靠丈夫每月按时打钱回来，更主要的是有这么一个人在，她心里有盼头，他再难回一次家，也总有要回家的那天，也让她的心里有了主心骨。如今丈夫不在了，支撑这个家的重担就落在她肩上。

　　她虽算不上天仙，但苗条的身材，姣好的容貌，得体的打扮……在山里人眼中是个不折不扣的美女。活泼开朗的她，自从丈夫死后却像变了一个人似的，不但沉默寡言，面容也憔悴了许多。

　　时间是最好的良药，好不容易从失去丈夫的悲痛中走出来的柳花，看着这个快要散了的家和儿子那可怜巴巴眼神的时候，便下定决心一定要撑起这个家。不管再苦再累，她也要把正在上学的儿子培养成人，还要让他上高中、上大学，成为有用的人。因为丈夫的父亲去世得早，没钱上学，没文化的他只能去建筑工地上干活，所以才出了事故，在外打工既辛苦又危险。

柳花把所有的精力都用在干活上，白天她很早就起床去到地里干活，挖地、种菜，样样农活她都干，虽然她干起活来不如男人那么得力，但凭她的勇气和坚强，地里的活还是干得像模像样。晚上，别人都睡了她还在家做饭，吃了饭再弄猪食，在这些忙完后还要洗衣服，一直要忙到深夜，懂事的儿子要么帮着妈妈做事，要么做完作业陪着妈妈。以前，她几乎很少干农活，每月有丈夫按时打钱回来，虽然不算宽裕，但日子还算过得去。

前不久，柳花娘家的嫂子专门来到她家，劝她改嫁，说丈夫已经走了，她还这么年轻，总不能一辈子守寡吧，不如趁早找个合适的人嫁了，也好有个依靠。先前她说什么也不同意，嫂子费了好一番口舌，她想嫂子大老远来，也是为她好，就勉强答应了，她问道："嫂子，你想……给我介绍哪户人家呀？"

嫂子听她这样问，知道她同意改嫁了，忙笑着说："我说嘛，你也是个明理的人，会明白我的苦心的。好吧，嫂子早就给你看好了，他就是我娘家的一个隔房弟弟，去年他老婆得癌症死了，一直没娶。他呀，是个木匠，挣钱快，人长得也不比你以前的男人差。如果你愿意的话，哪天就安排你们见见面，怎么样？"

柳花似乎还有些不好意思地说："那他有孩子吗？"

嫂子说："他有一儿一女，你再带一个孩子去，你们家不就更热闹了吗？"

她们的这一席谈话，正好被放学回来的儿子听见，儿子走进屋将书包狠狠一扔，当场就哭着说："我不同意，妈妈要嫁她嫁，我才不去呢，我就一个人过。"

嫂子急忙说："小孩子不懂，听你妈妈的。"

柳花说："儿子，你回来了，快叫舅妈。"

"我才不叫呢，她不是我舅妈，我不想见到她，快让她走。你不是要去给别人孩子当妈了么？我才不是你儿子呢。"

儿子说完，跑到屋里对着墙上他爸爸的遗像大声哭着："爸爸，要是你在，妈妈就不会改嫁了……"

柳花赶忙上前去，抱着儿子说："好儿子，妈妈答应你，不改嫁了。"

2

从此，柳花不再提改嫁的事，她下定决心不管再苦再累，都要让儿子过得好，过得开心。

有一天，她猪圈里两头猪翻栏跳了出来，不管她怎么赶也赶不进去。她在这边赶，猪就往那边跑，她去那边赶，猪又往这边跑，赶来赶去不但没把猪赶进圈，猪还把邻居种的菜踩坏了好多。那邻居不但不帮她赶猪，反而还大骂起来，不管她怎么赔不是，并说踩到多少赔多少，邻居都不领情，因为他们两家在柳花丈夫在时，也时常为一些小事争吵，现在柳花没了男人，就更让她说不起话了，这下差点把她气哭了。

这时，正好在她家外田里放鸭的顾大川看见了，他二话没说就帮着柳花赶猪，顾大川虽然是个残疾人，但他还是比柳花强多了，不是他力气大，是他办法多。他连赶带推，终于把两头猪赶进了圈，而且还帮她把猪圈门用石板加高、加固了许多，这让柳花十分高兴，她看着满脸冒汗的顾大川，赶忙递上毛巾给他擦汗，说："大川，擦擦汗吧。"

老实巴交的顾大川连正眼都不敢看柳花，他低头说："不用了，我这脸上太脏了。"

说罢，他就用衣袖在脸上抹了一下，笑着走了。

柳花追了出去，喊道："大川，你正好在外面放鸭，别叫你爸送饭来了，今天就在我这儿吃午饭吧。"

顾大川头也没回地说："不麻烦了，我爸一会就会送饭来的。"

这一幕正好被从这儿经过的欧和看见了，他停下了脚，嬉皮笑脸地说："哟，柳花，他一个瘸子你也看得上？你男人死了想找一个也能理解，可比他强的人多的是。他不吃，你咋不请我吃呢？我可做梦都想吃你煮的饭。"

柳花笑了说："哟，欧技术员，看你说些啥话哟，人家是帮我做了事嘛。"

欧和说："那好，我也想帮你做事，你就是不请我。说真的，我力气比他大，活肯定比他干得好。这样，你以后有什么需要帮忙的，就尽管来找我，我爸是村长，好多事我都能帮你。"

柳花明白他这是没安好心，在这个村里说其他人不了解，对欧和她是很清楚的，依着他爸是村长，到处拈花惹草，有上过他当的女人背地里骂他不是人，也叫没男人在家的女人最好离他远点，以免吃哑巴亏。她说："好嘛，我以后有需要你帮忙的地方，一定找你。"

柳花圈上的两头猪喂肥了后，她准备把这两头猪卖了，去买化肥和供儿子上学用。因为卖猪要请人帮忙把猪抬上车，可现在农村的青壮年男人都出去打工了，一般情况下不好请人，即使在家的男人，请他干点活也是要给工钱的，她就只好请了顾大川帮忙。忙完以后，她买来好酒弄起好菜请他吃晚饭。不知是欧和有意在柳花家转，还是总是暗中盯着顾大川，这时他又正好从这儿路过，柳花也搞不懂，怎么就这么凑巧，每次她家请人做点事，为什么都会碰到他呢？他就像幽灵一样笼罩着她家。

其实，柳花也知道他是在打她的主意，可她就是不领他的情。尽管她在心里怕他，当心着他，但也不敢得罪他，只好请他来陪顾大川喝几杯。这时，欧和听见柳花一口一个大川，左一眼右一眼看顾大川，好像觉得她对顾大川有那么一点点好感，他心里可不是滋味。他先和顾大川各倒半碗酒，他一口就喝了，硬劝顾大川喝下说："顾大川，有种的你也喝下，我就想和你比一下，看谁的酒量大？"

顾大川不知欧和的用意，笑着说："欧和，我怎么喝得赢你，我还是慢慢地喝。"

欧和生气地说："顾大川，你是个男人吗？我都喝了，你不喝不行。"

柳花走过来劝道："欧技术员，酒量有大小，我看就让他慢慢喝嘛，你也少喝点，多吃点菜。"

柳花这么一说，欧和心里更不舒服了，几杯酒一下肚，他就借着酒兴找茬，最后和顾大川打起来了。顾大川是个残疾人，不是身强力壮的欧和的对手，三两下就被欧和按倒，谁知顾大川起身要走时，欧和又追上去打顾大川，顾大川拿起抬猪用的木棒去挡，却不想用力过猛，把欧和的脸上打了一条口子，欧和痛得一下倒在地上，脸上鲜血直流。顾大川知道自己闯下大祸了，吓得跑回了家，而柳花赶紧将欧和送去村医疗站包扎。

虽然欧和脸上的伤只是皮外伤，几天就好了，但村里人将这事传得沸沸扬扬。人们背地里议论纷纷，说柳花克死了她男人还不算，就是请人给她干个活，也差点出人命，以后还有谁敢娶她呀？又有人传言说顾大川和欧和争风吃醋，大动干戈，两人打得死去活来的……村长欧大奎为了平息此事，也多次登门调查，说要是出了人命，他作为村干部也有责任，轻则要被镇上扣年终奖，重则要被处分。

村长借着这事，去柳花家更勤，不光是白天去，有时喝了酒晚上也去，这些就像一条条特大的新闻，在村里村外一下子就炸开了……

3

柳花疯了，全村人都搞不明白。

平时爱打扮的柳花，现在整天满脸花花的，披头散发，有时见人就笑，有时见人就哭……这可苦了他正在上学的儿子，以前是妈妈照顾他，现在却成了他照顾妈妈了，他常常做饭给妈妈吃，也帮妈妈洗脸，但妈妈就是不洗，更不梳头，衣服也穿得很脏。

为了解决他们娘俩的生活，村里给他们申请了低保。这样一来，以前见她就指指点点的人，再也不说她什么了，开始同情起他们娘俩来，还尽力帮她。有人送米送菜给她，也有人帮她煮饭帮她洗衣服，就是以前和她有过节的邻居也变了一个人似的，不再说她的坏话，而且还主动去她家帮她照看家屋，帮她挑水，帮她打理家务……

村里以前那些没事就去柳花院前转的男人，似乎也没再去了。更奇怪的是没有人看见欧和再去过她家了，就是以前做梦都想她的男人们，现在只要看到她，也躲得远远的。尽管柳花疯了，但每天儿子快放学时，她还是一如既往站在门口，望着儿子回来的那条路。有一天，儿子放学时突然下起了大雨，她跑着去给儿子送伞，可她却不知道打伞，把儿子接回家后，她全身湿透，变成了一个落汤鸡。

还有一次，儿子在学校被同学欺侮了，同学们都指着他喊道："你妈是疯子，你妈是疯子。"平时老实的儿子，再也忍不住了，冲上去就跟同学们打起来，边打边说道："我妈不是疯子，我妈是最好的妈妈，你妈才是疯子呢。"可他一人打不过几个人，最后脸上身上被打得青一快紫一块，儿子回家后就抱着妈妈痛哭，可有人看见，柳花听着儿子的哭诉，像没疯时一样，用手抚摸着儿子的头，眼里流出了伤心的泪水……

那天，顾大川听说柳花疯了，他又把鸭子赶去柳花院前的田里放，看着她披头散发的，时而笑，时而哭，时而前言不搭后语地说话，时而又像没事人一样问点什么……他心都碎了，他不知道发生了什么，这可能与他那次在她家惹祸有关。他主动帮她挑水，帮她打扫院子，还与她亲切地说话，虽然他说的话柳花也许听不懂，但他似乎找到了一个能听他说话的人。

这情景被路过的人看到了，有人笑他："顾大川，你是不是想娶她呀？她可是个疯子……当然，像你这样一个瘸子，能娶上一个这么漂亮的疯子，也不知是你哪辈子修来的福哟！"

还有人说："顾大川，你别看她现在这样，以前她却是个大美人哟……

我看呀，你是想老婆想疯了，所以你才想娶疯子，对不对？其实，我看你就是个疯子。"

面对这些人的冷嘲热讽，顾大川脸都气青了，说："人家都这样了，你们还这样说人家，你们还是人吗，你们还有点人性吗？"

顾大川很气愤，柳花现在都这样了，这些人还在说人家，真不知道这些人到底心里是怎么想的。他不是专门来帮她的，是把鸭子放在她院外的田里，坐着看田里的鸭子也是玩，顺便帮她做点事也是玩，再说她的疯或多或少与那晚他和欧和在她家打架有关，他的心里也不是滋味，他再也不理他们了，随他们说去。

这时石萍来了，她不知是听了谣传，还是看到他正在帮柳花挑水，虽然她也知道顾大川不可能真对柳花有什么想法，但她从另一种角度去想，也还是有点生气。她说："大川，我不知怎么说你，你也不听听外面的人都说你啥了，你还这样帮她干活。你的出发点是好的，可别人却不理解，以为你是另有所图。"

顾大川说："石萍，别人不理解我，难道你也这么看我？"

石萍说："你怎么还没听懂我的意思，我理解你有什么用，人言可畏，明白吗？柳花疯了，她听不懂别人说什么，可你没疯，你能听懂别人说的话，你难道真的不怕那些谣言么？"

顾大川说："随他们怎么说，我不怕。"

石萍说："你不怕，我怕。"

4

那晚，石萍躺在床上怎么也睡不着，她不是觉得顾大川和柳花真有什么，她只是担心这些谣言很可能又会对他造成心理伤害，他好不容易才从心灵的阴影中走出来，终于对生活充满了信心，却又遇到这种事，她真不知道怎样去安慰他。

　　想来想去，石萍满脑子都是顾大川的影子，也不知道顾大川有哪点好，尽管他是个残疾人，但她就是觉得他比欧和好。总之，他悄悄地闯进了她的心中，就像窗外美丽的月光那样，照进了她的心扉，温暖着她心中少女那朦胧的爱恋。

　　石萍起床，站在窗口向外眺望，明净的月光映照着院里的竹子，屋外静静的，她透过竹子望过去，仿佛看见河对面顾大川的家还亮着灯，虽然她看不见他在家里干什么，但她想着顾大川是在帮母亲干活？不对，这么晚了他肯定睡觉了。也不对，他躺在床上，也许像她一样无法入眠，他是不是也在窗口望着她这边？想到这时，她脸上露出了甜甜的笑容。

　　记得小时候在学校，她和顾大川无意间成了同桌，他经常默默地关注着她，眼睛里总有一种说不出的东西，出于一个女孩子的敏感，她知道他心中在想什么。但她却装着不知道，表面上装出对他爱理不理的样子，但她心中却对他有了好感。她也在暗中注视着他，他的一举一动，他的每一个微笑，都深深地印在她的心里。

　　有一次下课时，他无意间碰到她的手，他的脸刷地一下红了，看着他紧张的样子，她却偷偷地笑。他看都不敢看她，低头说："对不起，石萍，我不是有意的。"

　　石萍知道他绝对不是有意的，但她却有意逗他："你能随便碰人家的手吗？"

　　听她这样一说，顾大川更紧张了，他说："对不起，我保证以后不碰了就是。"

　　石萍笑了说："你以后还想碰呀？"

　　时间一晃就是夏天了，下午放了学后，石萍又来到顾大川的院子里等他一起上坡去割牛草。她看见那李子树上的李子已成熟了，大大的李子挂在枝叶间，很是诱人，她想伸手去摘，可怎么也摘不到。

正好顾大川出来，他看到石萍想吃李子，二话没说放下背篼，爬上李树摘李子，他专摘大的好的，摘好后就给她扔下来，石萍捡到地上的李子就高兴地吃着，她觉得这李子甜甜的。

顾大川在树上看着石萍吃着李子开心的样子，他也开心地笑了，说："石萍，这李子好吃吗？"

石萍说："嗯，这李子很好吃的。"

顾大川说："好吃，我就多给你摘点。"

石萍说："这李子，你爸要拿到街上去卖钱的。你快下来嘛，要是你爸看到你摘李子，你会挨打的。"

顾大川笑着说："没事，我爸很疼我的。"

突然，顾大川手拉的那根树枝一下子断了，他就从树上摔了下来，摔得他顿时脸色发白，大声叫着"哎哟，哎哟"，这可把石萍吓坏了，她去扶他，却怎么也扶不起来，便赶忙跑去把正在地里干农活的他的父母叫来。父亲一看顾大川摔得不轻，赶忙将他送去了镇上的医院治疗。

经过检查，顾大川的腿骨摔断了，经过一个多月的治疗，他的腿保住了，却从此成了瘸子，走路一拐一拐的。

第四章

1

　　柳花疯了的事给顾大川带来很大的打击，他把鸭子关在院子里，好几天不赶出去放，被关在院子里的鸭子"嘎嘎"地叫着，他也不给鸭子喂食，也不给换水，好像在有意跟谁赌气似的，父亲气得在屋里大骂："你看你，这不是没事找事吗？柳花男人死了也好，她疯了也罢，与你有啥关系呢？你在外面受了气，还回来跟鸭子赌气，你犯得着这样么？"

　　顾大川这几天不是躺在床上睡觉，就是端个凳子坐在大门前，不做事也不理他的鸭子，他听见父亲这样骂他，更不高兴了，说："人家有难处，说什么我也得去帮帮她，不是说硬要和她有点啥，人一辈子谁没有个这样那样的事呢，谁一辈子不求人呢？"

　　父亲本来就在生气，听见顾大川还在和他顶嘴，大声地吼道："看你这鸭子，在屋里关了好几天了，还不赶出去放，再关上几天不关死才怪。我不知道怎么说你，当初是你要买鸭子的，现在你又不好好放，干脆我明天叫人来买走算了，不然真关死了，我的本钱不就打了水漂了？你这是在生哪门子的气，要生你就好好生一下你自己的气吧。"

　　顾大川看了看院子里的鸭子，好像这几天真的瘦了许多，那些鸭子"嘎嘎"地叫着，看起来真的很可怜。坐了好一阵，在父亲下地干活后，他又慢慢地将鸭子赶出去，可能是关久了的缘故，鸭子一下田就拼命地喝水找食吃。这时，石萍来了，她背着背筐，看样子是去弄猪食，她走过来说："大川，有好几天没看见你出来放鸭了，你是去哪儿放了？"

顾大川看了看石萍，他的心情不好，便像没心思和她说话似的，懒洋洋地说："我把鸭子关在院里了。"

石萍知道他还在为那事生气，因为这么多年了，她对顾大川还是很了解的，看他表情就明白了，她说："你把鸭子关在院子里，没赶出来放，你怎么了，还在为那些事生气呀？"

再怎么生气，可顾大川对石萍还是有一定感情的，他看了看她，缓和了一下情绪，点了点头说："是的，我就是想不通，我明明是在帮人做好事，怎么就弄成坏事了？你说，天底下怎么会有这样的道理呢？早知这样，我还不如不去帮她呢，难道是我吃错了药了？"

石萍走过去，亲切地拉着他的手，好像要给他一种温情或者给他一种心灵的安慰，因为她明白，这一切都是缘于他对自己没有信心，所以一件很小的事，被那些无聊的人传来传去，就被他自己无限放大了，像一块石头压在他心里，让他喘不过气来。这种时候，他需要一种理解，一种倾诉，一种心灵的抚慰。她说："大川，别想得太多，我理解你，你是真心在做好事，我想柳花也会记得你的。"

这时，欧和走了过来，石萍拉着顾大川的手他也看见了，他一下就生气了，巴不得揍顾大川一顿，但看石萍在，他也只好控制住自己的情绪。他说："哟，看你们聊得这么亲热，让我好羡慕哟。顾大川，你本来就没安好心，柳花虽然是个寡妇，但人家长得漂亮，你敢说心里没打她的主意，不想吃锅巴还在锅边转么？人总不能脚踏两只船，吃到碗里的还想着锅里的，你心里想着那个骚寡妇，又在这儿讨好石萍，你也撒泡尿照照，你算个什么东西？"

顾大川先前好像没精打采的，他见欧和来了，而且听见欧和这样骂他，一下子就生起气来，他说："你别在这儿骂人，以为你高尚，我看未必，你安的啥心，你自己清楚，天底下怎会有你这种人存在？像你这种人，早该被雷打死或者被车子轧死，也怪我那天下手轻了点，没把你打死……"

欧和更加愤怒了，他打断顾大川的话，说："你是不是还想打架，你一个瘸子，还没有这样的能耐，不是自己找死吗？告诉你，我今天来是要你付我医药费，我被你打伤了，也是看你是个瘸子的份上，我才没报警，不然你会去坐牢，今天你得赔我医药费，不然你吃不了兜着走。"

顾大川知道欧和是有意来找麻烦的，那天欧和也没伤到哪儿，却要啥医药费，他一个残疾人能打得过欧和？他说："啥医药费，是你先打我，我是在正当防卫，还赖到我给你医药费，你这不是在胡闹吗？"

欧和听顾大川这么一说也发火了，巴不得打顾大川一顿，可能不是因为这点医药费，而是看见石萍在这儿，还和顾大川这么亲热地说话。他说："顾大川，你有种，你打了人还有理吗？那好，你不赔我医药费，我今天就打回来，也在你头上打个大口子。"

说罢，欧和真要动手，顾大川也不甘示弱，两人又快要打起来时，石萍走过去拉住他说："欧和，你太过分了，你为什么总欺负一个残疾人，这算什么本事？"

欧和冷笑了一下，说："石萍，这儿没你说话的份，这是我和顾大川之间的事，你让开。"

石萍死死拦住，就是不让开，她大声说："我就是不让，看你怎么着，你要打就先打我。"

正好，顾大川的父亲来了，他忙上前拉住欧和说："欧技术员，大川不懂事，你别跟他一般见识，有啥事你给我说。"

欧和似乎也不是真想打架，他顺着顾大川父亲一拉就走开了，说："他那天把我打伤的事你知道吧？我看他是个残疾人就没报警了，我自己垫着钱去医好了，我今天来是叫他付我医药费的，他不但不付，反而还要打我，你说天底下哪有这样的道理？"

顾大川的父亲早就明白是怎么回事，也知道他们之间是为了石萍而闹矛盾，可他知道欧和是得罪不起的，他赔着笑说："欧技术员，大川那天打你是他不对，你的医药费该多少我付你多少。走，去我家里拿钱。"

说罢，欧和跟着顾大川的父亲去他家，末了还回头来冲石萍得意一笑，好像他这回赢了。

在他们走后，顾大川好像还在生气，石萍却劝他说："大川，别和他计较，欧和这个人就是个无赖，是个人渣……你是惹不起的，以后离他远点就是。"

顾大川看着石萍，不知她是心里真恨他，还是为了让他高兴有意骂他几句，不管怎样她能当着他的面骂欧和，他心里舒服了许多，他说："嗯！"

2

晚上，顾大川回到家里，父亲还在生气，他知道一辈子都节约过日子也老实巴交的父亲，一方面是心疼钱，哪怕只是几百元，也像他的命一样重要。另一方面是觉得得罪了村长，以后办点事什么的，村长肯定会有意为难他。村长是什么人，一村之长，一个普通老百姓，不管做什么事，都得村长点头才行，不然啥事也办不成。这大川真是不懂事，得罪什么人不好，偏偏和欧和过不去，欧和虽然不是村长，但他是村长的儿子，谁不心疼自己的儿子呢？像大川，虽是个残疾人，他也一样的疼他，只是没在嘴上而是在心里。

父亲坐在屋里一个劲地抽烟，母亲正在做饭，顾大川把鸭子赶进院子里的围栏关好，他真怕父亲骂他，所以他就绕过父亲坐的位置回到屋里。母亲刚好做好饭，叫道："大川，你们来吃饭了，干了一天可饿了吧？"

父亲仍坐在那儿，没有想要去吃饭似的，他大声地说："一天只知道要吃，人吃了饭却不想事，欧和是什么人，他爸是村长，你以为他是这么好惹的吗？这下好了，赔了人家医药费不说，还给人家赔礼道歉，你以为这样人家就能原谅你了吗？没准人家会记你一辈子，这乡里乡亲的，抬头不见低头见，我看你以后还怎样面对他？再说了，我这把年纪了，这样低三下四的给人家赔不是，我到底是为了啥？"

母亲知道他是在说顾大川，赶忙走过来说："孩子他爹，你还不去吃饭，还在这儿唠叨啥呀？"

父亲就走去吃饭，母亲知道他心情不好，早给他倒上一杯酒，心想他以前凡有不高兴的事，只要酒一喝啥事也没有了，可他边喝边说："你也不想想，你一个残疾人，你斗得过他么？更不说他爸是村长，人家随便找点事就可能让你吃不消，你还以为你是三岁小孩呀？"

顾大川也自知亏理，不管父亲怎么说，他也不吭声，仍一个劲地吃饭，坐在一旁的母亲不断地向父亲使眼色，示意他别说了，让儿子好好吃饭。

父亲似乎仍在生气，他仍说："你为啥与欧和打架，以为我不明白？别人说你们是争风吃醋，我看一点不假。你也不想想，石萍是长得漂亮，又有文化，她对你也好，可你配得上人家么？这不用我说你也应该清楚……"

听父亲还在说不停，顾大川几下就把碗里的饭吃完了，起身走了出去，他再也不想听父亲骂他了，如果他不出去，不知父亲还要骂多久。母亲追了出来叫道："大川，天都黑了，你又去哪儿，别再出去惹事了？别生气，你爸说你也是为你好。"

天已黑了，顾大川也不知往哪儿走，他在外面站了好一阵，还是往石萍的院前走去，他这时并不想见石萍，但他总觉得去那儿走走，才觉得心里舒服。不知是他们心有灵犀还是彼此思念，顾大川刚好快到石萍院前时，正好碰见石萍站在那儿，她好像是知道他要来一样，在那儿等他。

石萍说："大川，这么晚了，你这是去哪儿呢？"

顾大川感到吃惊，他看了看石萍，能见到她也可能是他心里早就想到的，他笑了说："吃了饭没事，我就出来走走，没想到在这儿又碰到你了。"

石萍亲切地拉着他的手，说："走，去那儿坐坐，我有事要给你说。"

顾大川不知道石萍有啥事，他和石萍又没有任何关系，也只是在心里互相喜欢着。可他作为一个残疾人，像他父亲说的，他就是再喜欢她，难道石萍还会嫁给他？这是肯定不可能的，虽然石萍对他很好，但现实就是现实，谁也改变不了。

他们走了过去，这是以前队里的晒坝，自从土地下放到户后，这晒坝就一直空着，队上的保管室早已倒塌了，可这石坝子还在，在这月光下变得亮亮的，更是显得空荡荡的。他们紧挨着坐在坝子边上，虽然是晚上，但在月光下这儿还是能看见周围的树木和田块。顾大川说："石萍，你说找我有事，你说吧？"

石萍笑了一下说："也没啥事。哎，大川，看得出你今晚不高兴，又挨你爸骂了吧？因为欧和今天找你爸要了医药费，对吧？"

顾大川一听这事气又来了，他站起身大声地说："我就是不知道，我怎么碰上这事了？这事本来就是欧和挑起的，是他先出手打我。你想，我一个残疾人还能打得过他，说出来有谁会相信？虽然这医药费不多，就200多元，但这事情理不合，我想着就气。"

石萍拉了拉他，说："你别激动，坐下说，欧和又不在这儿，你说得再大声他能听见？这事你别再想了，医药费也付了，礼也赔了，他还能把你怎样呢？"

顾大川听石萍这样说，也觉得是这样，他还有什么理由来找他呢？他说："石萍，你是知道的，哪次我是主动去惹过他的，见了他我躲还来不及，你说我还要去和他争？再说，他弄他的，我过我的日子，我用得着去跟他争什么？他完全是在无中生有，处处为难我。人争一口气，他都欺我到这份上了，我还能忍气吞声，打不还手骂不还口吗？"

石萍明白，欧和所做的一切，全都是因她而起，她想顾大川不会不明白的。欧和一直喜欢她，按说欧和人长得像模像样的，父亲又是村长，家庭条件也可以，村里有的姑娘家还主动找人去说媒想嫁欧和，可他好像谁都看不上。欧和对石萍情有独钟，可她就是不喜欢他，却偏偏喜欢上残疾人顾大川，不仅她父母不理解，有时她自己也搞不懂这是为什么。所以，欧和就找各种理由为难顾大川，把石萍不喜欢他的气愤全撒在顾大川头上。

石萍说："别再说欧和，说起你也生气，我更生气。我今天碰到黑妹了，她在镇上那个打磨厂上班，说厂里最近又招工了，她建议我也去报个名，面试合格后也去那厂里上班，你看我是去的好还是不去的好？"

顾大川说："你去吧，在镇上的打磨厂上班，肯定比你在家干农活强。"

石萍又坐了过去，紧紧地挨着他，亲切地说："大川，要去我俩一起去，我问过黑妹了，厂里的活儿是手工活，像你这种腿有残疾的人，没事的，一样能在厂里干活的。"

顾大川听后，他站起身，又生气地说："要去你去，我不去，你看我一个瘸子，厂能要我么？就是厂里要我，进厂后工友们也会笑我的。你看，不说在厂里，就是在我们村里，都有那么多人瞧不起我，我不想再出去丢人现眼了，更不想因我是个瘸子让他们笑话你。"

说罢，顾大川转身就走了。

3

这些不顺心的事很快过去了，顾大川的心情似乎也好了许多。又是一个晴朗的天气，夏天的太阳早早地出来了，田野上的农作物似乎早已苏醒了，焕发出蓬勃的生机；路边的树更是一个劲地绿，仿佛这夏天给了它们旺盛的精力，要更好地展示自己。顾大川也早早地把鸭子赶了出来放进河里，他坐在那儿看着在河里活蹦乱跳的鸭子，也高兴地笑着。

这时，黑妹来河边洗衣服，顾大川见她踩着十厘米的红色高跟鞋，修长的腿在黑色丝袜的映衬下显得更加美丽，高质感的包裙使原本健美的腰身显得颇有曲线美……顾大川以为自己眼睛花了，黑妹怎么变得这么漂亮了，是不是他看错了？他又认真地看了看，确实是她，他笑了说："黑妹，你这身打扮，我差点都认不出来了。"

黑妹笑了说："我这身打扮怎么了，不好看？你呀，真是没出过门没见过世面……"

顾大川赶忙把鸭子赶远点，免得把河里的水弄浑，黑妹才好在这儿洗衣服。然后，他又走回来，说："对不起，黑妹，我不知道你要来这儿洗衣服，我才把鸭子赶到这儿来了。"

黑妹笑了说："你的鸭子不是在河的下面么？我洗衣服是在上面，河水是上面往下面流的，你这几个鸭子怎么弄得浑这河里的水呢？"

顾大川听黑妹这么说，他这才想起是这个理，他又看了看河里的水，仍是清清的。他说："对，这河水没被我的鸭子弄浑。哎，黑妹，你不是在镇上那厂里上班吗，怎么又回来了呢？"

黑妹说："镇上离这儿又不远，随时都可以回来。今天是星期天，我从上夜班转上白班了，今天休息一天，我就回来了。"

顾大川说："黑妹，听石萍说，你们那厂又招人了？"

黑妹边洗衣服边说："上次我给石萍说了，叫她去我们得胜厂上班，她有文化，人也长得漂亮，说不定去了还能当个检验员什么的，就是厂里的管理人员了，每月拿厂里的固定工资。说好了她要去的，不知她怎么又不去了。"

顾大川听后吃惊地问道："石萍没去？"

黑妹说："我在厂里名都给她报了，她就是不去。哎，我也叫她和你一起去，你怎么也没去？"

顾大川笑了说："黑妹，你是知道的，我是一个瘸子，厂里会收我么？"

黑妹看了看他，笑了说："这也不一定，你试都不去试一下，怎么就肯定进不了厂呢？前不久，厂里不是同样招了一个像你这样腿有残疾的人么，他也一样在厂里上班，而且一样干得好好的。"

顾大川再也没说什么了，又去赶他的鸭子了，黑妹仍在那儿洗衣服，她的身影映在水里，是那样的漂亮。要是石萍去了镇上那厂上班，要不了多久，她也会跟黑妹一样，整个人会变一个大样的。

下午，顾大川把鸭子赶去了柳花的院前，只见柳花的大门紧锁，他不知这儿又发生了什么。正好碰见前来田埂上弄菜的李大爷，他问道："李大爷，柳花家怎么没人了，他们娘儿俩去哪儿了？"

李大爷叹息一声说："这柳花呀，真是命不好，丈夫才死不久，她又疯了，只是可怜了她那还在上小学的儿子哟！"

顾大川说："是呀，没想到柳花的命怎么这么苦呢？"

李大爷说："前几天，柳花娘家人把她接去了，说是更好地照顾他们娘俩，这样也好，不管怎么说，他们娘俩也有个归宿了。"

顾大川听后，就走去柳花院前坐了坐，不知是在守田里的鸭子，还是在回想柳花的样子。他坐了好一阵，又赶着鸭子走了。

I

那天，村长欧大奎来到石萍家，他问道："石萍在不在？"

老石感到奇怪，是不是今天太阳从西边出来了，一般有事都是村长叫他去村委会办公室，他什么时候会亲自来他家里呢？村长是什么人，一村之长，是管他们这样的老百姓的，哪家没有个大小事呢，有事就得找村长，所以村长去到哪儿都会受到老百姓欢迎。不过在村里是他村长说了算，可在这个家里还是他老石说了算，村长没事肯定不会来，既然来了，应该找他老石才对，怎么一来就问起石萍来，这当中肯定有原因。

老石赶忙端板凳给村长坐，又泡上茶，问道："欧村长，你找石萍干什么？"

欧村长笑了说："好事，好事呀！"

一席话说得老石丈二和尚摸不着头脑，他听欧村长说好事，到底是啥好事呢？他是不是来给女儿说媒的，如果是其他人说媒还能理解，村长亲自来说这个媒，肯定是十分好的人家吧？哎，对了，他知道村长家有个儿子叫欧和，从小就和石萍一起玩到大，他也知道欧和一直喜欢石萍，村长今天来是不是就是为了这事？这村长也是，随便找哪个来说个媒不就得了，还用得着他村长亲自来，可能是村长特别重视这事吧？

想到这儿，老石还真有些不好意思了，虽然儿大当婚女大当嫁，但在村长面前他还是有点儿心慌，因为他家和村长家比是门不当户不对，可他还是尽力控制住情绪。在村长坐下后，老石赶忙将叶子烟杆递过去，说："村长，请抽烟。"

村长没接，他从包里拿出一包烟，抽出递一支给老石说："我说老石，现在是啥年代了，你还抽那个。来，抽我的。"

老石接过村长递过来的烟，他不知道这是多少钱一包的烟，他认为村长抽的烟肯定是好烟，笑着说："我还是抽我的，那个我……抽不惯。"

村长笑了，说："你不是抽不惯，是为了省钱吧。要说别人我还相信，你我还不了解么？老石呀，钱是身外之物，生不带来死不带去，都是苦了大半辈子的人了，还这么节约干什么？来，点上。"

在村长的强烈要求下，老石放下叶子烟杆，拿起那支烟点上，说："好，我就抽一支这个吧。"

在抽完烟后，老石问道："哎，村长，到底是啥好事呢，你快说吧？"

欧村长喝了一口茶，像他平时在群众大会上讲话一样，头一抬，提了提神，坐直了腰身，十分认真地说："老石呀，我们是乡里乡亲的，对不对？"

老石点头说："是，是，这些年村长你也没少关照我家。"

村长说："我们村地处偏远，凡正式教师分配来后，都想方设法调走，因为这儿条件不好，外面的教师也不愿意来，我们村这么多孩子要上学读书，没教师不行，对吧？"

老石听了半天也没听明白，他不知道村长说这些到底是啥意思，好像这就是村长讲话的习惯，每次召开的社员大会上，村长高兴时会从国外说到国内，再从省里说到县里，从县里说到镇里，绕了一个大圈后，才能说到他们村办的事。可这不是开会，也像是听他做报告，还绕那么大个圈干嘛？他说："村长，你就直接说吧，到底是啥好事呢？"

村长说："你别急，听我慢慢地说嘛。前几天，村小学有一位教师调走了，还没有教师愿意来这里，镇里叫我就在村里找一位代课教师。我一想呀，村里虽然初中毕业生还是有几个，但要形象气质的，我看你家石萍最适合。所以，我想叫石萍去村小教书。"

老石一听，天底下还有这样的好事？以前他把当教师看得很神圣，心想教师不是随便哪个都能当的，肯定要有很高的文化，还要有很好的关系，没想到这样的好事从天而降，落到他家石萍的身上，肯定是祖坟冒青烟了。他还不相信似的，说："真的呀，村长？"

村长笑了，他站起来，拍了拍胸口，说："我说老石，你也太不相信人了吧？我堂堂一个村长，说话还算不了数？"

"算数，村长说的话当然算数！"

村长走后，老石跑去把正在地里干活的石萍叫回来，将这个消息告诉了她，听到这个消息后，石萍心里非常高兴。父亲似乎比她还要高兴，说："石萍，你现在就是教师了，这是从来没想到的，怎么这么想都不敢想的好事，偏让你给碰上了呢。哦，我记起了，小时候我请王八字给你算过，说你长大后有出息，我当时还不相信，可现在不就真的被他算准了呢？"

石萍说："爸，那个你也相信，全是骗人的。"

父亲笑了说："我不知怎么说你，要不是王八字给你算准了，你真能当老师。对了，哪天赶集我要请他喝酒。"

石萍说："我懒得给你说了，我再说一遍，那些算命的是骗人。"

说罢，石萍走了出去。太阳快要落山了，一头老牛在不远处草坪上悠闲地吃草，风轻轻地吹来，田野里的秧苗随风起舞，泛起一阵阵绿色的波浪。风吹过，绿浪一波紧接一波，齐齐朝着风的方向有序地摇摆着，舞动着。人心情好了，看什么都那么美。石萍慢慢地走着，仿佛眼前的一切，都像诗或者更像画。每一块田都是一片绿色的盆景，默默地镶嵌在原野里，错落交叠着。目光所及处，一张绿色的巨大地毯厚厚地铺在这片古老的土地上，把五月的乡村妆点成为绿色的海洋。

石萍转了好一阵,才慢慢地往回走。看着夜幕降下,忙碌了一天的乡村,渐渐进入了夜晚。晚上,她却怎么也睡不着,她多想第一时间将她马上当教师的消息告诉顾大川,让他也分享她的快乐,可她又怕见他,因为他本来就自卑,怕在无意中伤了他的自尊心。

2

从此,石萍就在村小教书了,她简直不敢相信这是真的。记得小时候上学,她看到站在讲台的老师讲课,老师的言谈举止给她留下了很深的印象,她认为老师肯定读了很多书,真是有学问,不然为什么上课能上得这么好。她也想努力读书,将来也能像老师那样站在讲台给学生们讲课,当一名受人尊敬的教师。这下梦想成真了,她看着那熟悉的校园,还有她曾经坐过的教室,一下子变成了做梦都没想到的教师,她仿佛看到了未来的希望。

石萍第一次走上讲台时,心跳得厉害,她真不知道怎么面对学生,好像自己还是学生一样,便怯生生地开始了她的第一堂课。

第一堂课下来,一位老教师问她:"石萍,你第一次走上讲台,感觉如何?"

石萍不知是兴奋,还是在为刚才第一次上讲台而紧张,她说话也仍在打抖似的,笑了说:"很紧张的。"

老教师明白,凡第一次上讲台的人都是这样,这是人之常情,每一个人都有个锻炼的过程。他说:"你别急,第一次上讲台都是这样,很紧张,也不知道这课该怎么上,慢慢地就好了,一定要有信心。"

石萍十分高兴地说:"是的,我以后还得向您请教哟。"

"我们相互学习嘛。"

村小一共有5个教师,除一位校长和老教师外,其他3位都是代课教师。

石萍很努力想教好书，一有不懂的就向老教师请教。渐渐地，她就真的进入教师的角色了，走上讲台也不紧张了。不仅如此，课余她还努力读一些教辅读物，认真备课，做到每堂课都能给学生讲解一些新的东西。

先前，学生还不太接受她，似乎老把她与先前老师相比，觉得她讲法不一样，有些难以习惯。慢慢的学生习惯了她的讲课方法，由于她讲课认真有趣，课堂上更加活跃，她提问时学生也主动举手回答，这让她十分欣慰。

石萍班上有一个调皮捣蛋的学生叫王弘。上课时，他时常和别人讲话，老师的课他根本没听进去，尽管老师一而再再而三地纠正他，他就是不当一回事。这样下来，他的学习成绩直线下降。石萍却没放弃他，她一次次找到他，跟他交谈，辅导他把没有按时完成的作业补上，把考砸的试卷重做一遍。

新学期开学时，学校又招收了一年级两个班。校长找到石萍，说："石萍，你虽然刚来不久，但我听了你的讲课，讲得很好。学校这学期刚收了两个新班，我看你最适合去教一年级，因为你是女教师，有耐心，你就去当一个班的班主任，你看怎么样？"

石萍知道，可能是校长看她教高年级水平有限，她说："校长，你不说我也知道，我这水平教高年级肯定不行，我就听从领导安排吧。"

校长赶忙打断她的话，说："石萍，我不是这个意思，你教书真的很认真，也教得很好。你别认为教高年级水平就高，教一年级水平就低。其实，恰恰相反，教一年级学生，需要有水平的，更要有责任心的。你想想，孩子才进校门，基础不打好，以后还学得好么？"

石萍听后，高兴地说："校长，我明白了，你放心，我会认真教的。"

村里的孩子很聪明朴实，本来就像"孩子"的石萍和孩子们在一起，觉得一下子又回到了童年。课间她和孩子们捉迷藏、跳皮筋、摇大绳，那种天真无邪的快乐和幸福在孩子们内心升腾，也在她身边延续。

学校有一位代课教师叫田庆，个子高高的，穿着打扮也很时髦，十足的一个帅哥。他是另一个村的，也许他和石萍同是代课教师，两人一有空就在一起谈心，他说："石萍，我们作为代课教师，课没少上，待遇却比正式教师少很多哟。"

石萍也有同感，除了每月2000元的工资，其他的补助几乎没有，让他们难过的是过年节，看见正式教师大包小包提着各种礼物回家，他们却没有，心里那种滋味是很难受的。最让他们不理解的是，每当放寒暑假，正式教师有工资，他们却没有。她笑了说："凭你的本事，考个正式教师是没问题的。"

田庆苦笑了一下说："不瞒你说，我年年都去考了，不知为什么，就是考不上。但我不会灰心的，我仍要继续考。我相信，老天不负有心人，你说是不是？"

石萍笑了说："其实，我不这样认为，只要努力就行。"

田庆望着石萍那种淡然而知足的样子，说："石萍，你真这样认为？"

"是的，我从不刻意去追求什么，我们作为教师，只要把书教好了就行。"

田庆有点失落地说："石萍，别天真了。也许你现在还没意识到，到时你就会明白，啥叫不公，啥叫无奈。"

石萍仍很淡然地说："你说的也许有道理，努力考吧。"

田庆说："是的，我不考成公办教师死不罢休的。石萍，听我一句劝，你也好好复习嘛，争取下次也去考，说不定你能考上的。"

石萍说："是的，我也想去考，因为教书是我喜欢的职业。"

田庆说："好的，石萍，我们共同努力。"

下午放学后，学生和其他教师都走了，石萍还在办公室批改学生的作业，田庆也没走，他说："石萍，别改了，休息一下嘛。"

石萍说："好，休息一下了。"

随后，田庆和石萍在校园里边散步边说着话，正好被路过的欧和看见了，他十分生气地走上前去，说："石萍，放学了，你还不回家，还在这儿干什么，学校是不允许谈情说爱的。"

　　田庆不明白是怎么回事，只能呆呆地望着他们。石萍不明白，欧和为什么说这话，他就像一个阴影一样，总是跟踪她，凡她单独与别人在一起时，他就出现了，天底下真有这么巧的事。再说，欧和与她有啥关系，她做什么欧和管得着么？她说："哎，欧和，我回不回家与你有什么关系呢？"

　　欧和说："怎么会没关系呢？要不是我大力推荐，我爸会让你来村小教书么？你是真不明白，还是在装着糊涂呢？"

　　石萍看了他一眼，也懒得理他，转身就走了。

　　欧和笑了说："这就对了，放学了还是回家帮你父母干点活。你要明白，你只是个代课教师，要是哪天我给我爸说声不要你教书了，你还得回家干农活去。"

3

　　那天下午，石萍看见顾大川从村化肥销售点买了一袋化肥，十分艰难地背着往家走，她跑去把他的背篼硬拉下来，背着化肥就走，走了两步她等了等，想顾大川快点走上来与她一起走，好说说话。可他不知是怕人笑话，还是有意躲着她，等石萍走远了，他才慢慢地跟着她后面走。石萍也明白他的心思，没再等他了，她背着化肥在前面大步地走去了他家，给他把化肥放在屋前就转身回家了。

　　石萍时不时跑去顾大川家里看他，有时在小河边碰到他洗衣服时就主动帮他洗……这在村里人的眼中，似乎是什么稀奇的事，他们在私下里偷偷议论，把这些事说得更是神神秘秘。

　　这事让石萍的父亲知道了，气得差点吐血，他十分生气地说："你这个不争气的东西，你怎么就这么贱呢，他一个残疾人就值得你这么喜欢？你听听，别人在背后说些什么，你以为我不知道，我……我这张老脸往哪儿放哟。"

石萍生气地说："我不管别人说什么，我就是喜欢顾大川。他难道……是坏人，犯过法，坐过牢吗？他除了腿有残疾，他……哪点比别人差，我又为什么不能喜欢他呢？"

"不说别的，你现在是教师，教师就应该注意影响，你明白吗？"

"我帮一个腿不好的人干点活，这就影响不好了吗？"

"你心里是怎么想的，以为我不知道？你也不想想，你不要面子我还要，你这样做，对你有啥好处？"

"我到底做什么了，哪里给你丢人了？"

性格暴躁的老石气急了，抓起一根棍子就打，母亲见状也过来拉住老石，石萍趁机跑了。晚上，老两口一合计，石萍现在都22岁了，也到了谈婚论嫁的年纪，村里一般好点的小伙子都娶妻生子，再这样拖下去，怕女儿再也找不到一个合适的人家，干脆请个媒人，给她找个合适人家嫁了。这女人呀，一旦嫁了人，啥都不可能再想了。

母亲为难地说："我的女儿我知道，她心中有了顾大川，就是我们给她找到再好的人家，她也不会同意的。"

老石强硬地说："只要我们认为合适的，她不同意也得同意，这事由不得她。"

石萍的事，真让她的父母头疼，这毕竟是她个人的事，如果真不管随她去找，她现在只一心一意喜欢顾大川，这可能么？他一个残疾人，就是他们不说什么，那全村人怎么看，那不成了天大的笑话？要说真正地管一下，找个媒人给她介绍一个有模有样的对象，可凭石萍的性格她会答应么？这事，父母也真拿她没办法，只好暂时放下，心想这事总会有转机的，石萍也不是三岁小孩了，如果她真嫁了顾大川，将来的日子会过成啥样，这个她不会不懂吧？

校长安排石萍和田庆去参加全镇教师运动会，说他们年轻，体质好，也是一次锻炼自己的机会。通过短短几天的训练后，他们就代表学校去参加全镇教师运动会了。那天，石萍很早就起床了，她到村口时，田庆早已在那里等她，她说："田庆，我以为我来得最早，没想到你比我来得更早，你是昨晚因为兴奋没睡着吧？"

田庆笑了，说："石萍，哪有你说的那么高兴呢，这种活动我参加多了，没什么，别想真要拿到什么名次，重在参与就行。"

当他们赶到镇中心小学，开幕式就开始了，首先入场的是校徽队，其次是旗海、鼓号队……下面是正式的比赛，首先是女子四百米跑……这不，他们去准备了一下，只听见广播里喊，请女子四百米跑运动员准备上跑道。田庆站在观看台上，大声地为她呼喊加油，石萍心中立刻紧张起来，只听一声口令，大家如飞一般地冲出了起跑线，石萍有些紧张，可她始终觉得腿上十分轻快并且有力。她不时望一望后面的选手，才发现忘了入内道。裁判告诉她入内道，她没听见所以停了一下。这时候后面的选手们已经追上来了，她立即跑起来，可还是被后面的选手反超了。可她没有放弃，还是紧追不舍，最终以第七名的成绩结束本项比赛……

男子四百米跑，田庆做好准备，石萍也不停地挥舞双手高喊："田庆，加油。"田庆听见喊声，回头看了看她，笑了，然后他进入跑道，一声口令，石萍只见田庆一个劲地往前冲，最后田庆得了冠军。

运动会结束后，石萍很失落，她为自己没得到冠军而不开心。田庆笑着说："石萍，你还在为这事不高兴？"

石萍说："田庆，你真行，我看你跑得真快，让我好羡慕哟。"

田庆说："石萍，你别把这个看得太重。就是得了冠军又怎样，能转正，能加工资，还是能当运动员？所以，没得到名次也没什么，真的。努力复习，争取有一天考成正式教师才是真的。"

第六章

|

　　农家小院里平时静静的，早上公鸡唤醒了小院酣睡的梦想。树木竹林环抱的小院瞬间生机盎然，一派新景象。鸡、鸭、鹅似乎在合奏一曲欢歌，那洪亮的音符恰似百鸟朝凤，在小院里飞扬。太阳按部就班地爬出了东方的地平线，把她最温馨的光辉洒给了大地，新一天的忙碌似乎又开始了。

　　早饭后，村文书来到老石家，老石想，他来干什么呢？是不是又有啥好事？那次村长突然到来，让石萍当了教师。这次村文书来，难道也有好事，天底下哪有这样多的好事呢，不可能啥好事都轮到他家吧？村文书急急地问："石萍在家吗？"

　　村文书年龄不大，只有30多岁，人长得也帅，他平时都是坐在村办公室，很少出门下队下户的，今天他却突然来到老石家，也真是难得见到他一次，可他一来就问石萍，到底他是找石萍干啥？老石怯生生地说："石萍不在家。"

　　村文书的到来确实把老石吓一跳，老石不是怕他，而是觉得意外。老石赶忙叫他坐，但还是不好问他找石萍有什么事，村文书虽然在村里不是个官，但有时办事还得求他，开个证明盖个章得找他，难道他的到来也是对石萍有啥想法？

坐了好一阵，村文书说："石萍不在，我就给你说了。"

老石最想听的就是他这句话，他问道："说吧，有啥事？"

村文书说："老石，我看石萍也不小了，俗话说得好，儿大当婚女大当嫁，我想给她介绍一个对象，你看如何？"

老石听后，大大松了一口气，原来是这事。说真的，他早就想有人来给女儿介绍对象了，他说："当然好，不知你要给她介绍的是谁？"

村文书从包里掏出一包好烟，递了一支给他，说："来，抽一支烟。"

要是平时，老石肯定说他抽不惯那个，而是去抽他的叶子烟，可今天他却大大方方地接过烟，点上，笑哈哈地听着。

村文书也点上烟，说："石萍人长得漂亮，也有文化，又是个教师，像她这样的条件，不找个好一点的人家，你说能行么？"

村文书的话绕来绕去，让老石越听越高兴，他说："那是，那是！"

"我看欧村长的儿子欧和，人也长得帅，家庭不说很富裕，至少在全村还算最好的吧？如果石萍嫁了欧和，凭村长的关系，说不定她还会从代课教师转成正式的，还有可能当上村里的团支部书记，你说这门亲事我介绍得好不好呢？"

老石听说是欧村长家，村长虽不是多大官，但他毕竟是村长，他也早听说欧和喜欢石萍的事，可为什么石萍就不喜欢他呢，要技术有技术，论家庭条件在全村也是数一数二，都说女孩子现实，可她怎么就一点也不现实呢，偏偏去喜欢一个残疾人，这不合乎常理呀。想到这儿，他十分高兴地说："当然行。"

村文书说："老石，这事我就先说到这儿，等石萍回来后，你就给她说说，她同意还是不同意，你都给我回个信。"

老石说："好的，她回来后，我就问问她。"

村文书走后，老石心里十分高兴。欧村长当了这么多年的村长，要人缘有人缘，上上下下他啥关系没有，凡事只要他欧村长出面，哪样事办不到呢？如果石萍嫁到他家，他和欧村长就是亲家了，不说自己家办点事方便，就是别人也得高看他几分，一辈子低头做人的他，也可以在别人面前抬起头了。

还有，他听得真真切切，村文书说，如果石萍嫁了村长家，不但代课教师能转正，还可能当上村团支部书记，这样的家庭哪点不好呢？再说，欧和和石萍真像是天生的一对，这样的人她不嫁，那还要嫁哪种人呢？

可事情哪像他想象的那样，石萍回家后，老石就把这事告诉了她，他以为石萍也会像他一样高兴，哪知石萍却说："我嫁谁都行，就是不嫁欧和。"

老石一听，先前的高兴全没有了，他问道："欧和哪点不好？人也长得帅，又有文化，凭他爸的关系，今后还能没出息么？"

石萍冷冷地说："不管他有多大的出息，我都不嫁他。"

夜里，皎洁的月光从夜空中洒向大地，映照着田野、树木、村庄，白天忙碌了一天的人们，这时已真正地闲下来，有的人或看看电视，或倒上老白干独饮几杯，有的人对着窗外的月光，回忆难以忘怀的往事，或者轻轻地述说心中的苦闷……

石家却没有闲着，老石还在为女儿的婚事操心，他不知道女儿心中到底在想什么，每次给她介绍对象，不管好与不好她都不答应，他也深知女儿的性格，她不答应的事别人是拿她没办法的。

老石喝了一阵闷酒后，走进屋里对石萍母亲说："你也不劝劝她，这么好一门亲事，她居然不同意，我也不知道她心里是怎么想的？还有，人家村长让她去村小学教书，就是要她做了村长的儿媳妇，要是她答应了这事，说不定还能转正，成为正式教师，这样一门亲事，有哪点不好呢？"

母亲叹息了一声，说："她不同意我也没办法，女儿大了，还是由她自己选择吧！"

"都是你惯坏的，家有家规，国有国法。啥事都由着她，还成何体统？"

"那你就去问她，看她同意这门亲事不？"

"不同意也得同意，这事由不得她。"

"她……她心中可能有人了。我说她爸，你还是好好说，别动不动就打人骂人，万一把她逼出个啥来，多不好。"

"我就是要她答应这门亲事。我是为她好，还有错？哎，你说她心中有人了，你说她心中有谁，是那个瘸子顾大川？"老石一拍桌子，十分生气地说，"顾大川，那个瘸子，他也配得上我们家石萍？呸！"

"是呀，她嫁谁不好，怎么就认定要嫁一个瘸子呢？"

"不行，坚决不行。这次，必须要给她做工作，一定要答应这门亲事，村长都不嫌我们家，我们还有什么理由不答应这门亲事。欧和这孩子为人是有点不踏实，但他聪明，村长人脉好，说不定哪天他就会发了的。"

老石走出去，对正在看电视的石萍说："石萍，你也不小了，二十多岁了，论说文化你比我高，又是村小学教师，你这个年龄也该找个人家了，你说是不是？以前他们给你介绍对象你不同意，我看那些人各方面条件也不算好，所以我就没有勉强你。这次是村文书做媒，给你介绍的这个对象，真是百里挑一，再说，村长让你去教书，也算对你有恩吧？如果你做他家儿媳妇，凭村长的关系，你还转不了正？"

石萍非常生气，她说："我说过很多次了，我就是不嫁欧和。"

老石说："欧和哪点不好，要相貌有相貌，要家庭条件也不比别人差，凭他父亲是村长，对你以后发展有好处的。"

石萍再不想听下去了，还没等老石说完就起身走开，并说："别说了，我要凭我自己的本事去考，靠别人帮忙让找转正，转了又有啥用？再说，我嫁谁都行，就是不嫁他。"

老石生气了，赶忙大声叫住她说："你不能走，回来。"

石萍听父亲这么大声地叫她，没再走也没回头，只呆愣愣地站在那里。

老石继续说："你想想，人家是村长，不但镇上有房子，在县城也有房子，虽然现在他只是个村长，说不定他哪一天就变成了镇长，欧和也是村农技员，说不定哪天就变成镇农技员。你说……这样的人家你还不满意，你到底要嫁什么样的人呢？"

石萍说："不管他家庭条件如何，我就是不同意！"

老石更生气了，大声吼道："这事由不得你了，因为我已答应了。"

石萍更生气地说："你答应你嫁去，反正我不同意。"

说完，石萍头也没回，跑回屋里睡觉了。

2

石萍为争这口气，她白天在学校上课，晚上就加紧复习，准备下次参加公招考试。田庆教书多年，不但功底好而且经验也比石萍丰富，他在认真复习的同时，也帮石萍复习。那天，他把一套好不容易弄来的复习资料送给石萍，说："石萍，这套复习资料是我从朋友那儿借到的，他去年就是按这资料复习考上的。"

石萍十分高兴地接过资料，说："哎，你把资料给了我，你怎么复习呢？"

田庆笑了说："你先看，你看了后我再看。"

石萍听他这样说，十分感激地望了他一眼，说："谢谢你！"

公招的日子一天天临近，石萍放学后再没回家干农活了，她修改学生作业和备课后，就在学校办公室里认真复习。这天，她没回家吃晚饭，而是泡了一包方便面，吃了后又继续复习。这时，田庆来了，他走进学校办公室，说："石萍，你怎么还没回家？"

石萍也吃惊，问道："田庆，你怎么来了，你不是回家了么？"

田庆看了看她，说："我去学校附近的一个亲戚家吃了晚饭，看见学校办公室还亮着灯，我以为是忘了关灯，就顺便过来看看，没想到你在，你吃了吗？"

石萍说："我吃了方便面的，也好赶紧复习一下，哎，好多读书时学过的，现在都记不住了。"

田庆说："是的，我也一样，过去学过的，好像都忘了，都怪我们当初没认真读书哟。"

随后，眼看时间不早了，石萍说："时间不早了，我得回家了，你也早点回家休息吧。"

田庆说："好，我也回家了，也顺路，我送送你？"

石萍没有拒绝，她说："好，走吧。"

月色不明不暗，刚好适宜散步。石萍和田庆沿着那条小路边走边说着话，小路两边是一排挺拔的树，树叶在微风中发出"吱吱"的响声。说真的，虽然石萍家离学校不远，她也是这儿土生土长的人，但在这夜里，如果让她一个人回家，还真有点害怕，幸亏田庆送她，她心中充满着感激。

田庆说："石萍，你别紧张，慢慢复习，今年考不上，明年再考。"

石萍说："我想肯定很难，全县这么多代课教师，每年只招几个人，比考大学还难哟！"

田庆有意用手扶了她一下，说："石萍，你别灰心，一定要有信心。"

这时，欧和却出现在两人身后，看见他们十分亲密地走在一起，他走上前去对田庆就是一顿毒打，因为田庆一点防备都没有，一下子就被打倒在地。事发突然，石萍一下子也懵了，很快她就明白了是怎么回事，她拉住欧和，说："你为什么打人？"

欧和似乎还没要停手的意思，他说："我就是要打死他，以为他不得了，是个教师　敢在这儿撒野，还像个教师的样儿吗？"

石萍死死拉住他，气得快哭了，说："欧和，你别这样好不好，田庆怎么了，他到底做了什么？再说，你也不想想，我到底是你什么人，你知道打人的后果么？"

这时，田庆从地上爬起来，他也明白了是怎么一回事了，像这种事随他怎么说也无法说清的，于是他转身就跑走了。田庆跑开后，石萍放开了欧和，更加生气地说："欧和，我真的讨厌你，小时候你打顾大川，现在你又打田庆，你这样做，让我还怎么有脸见人？我说，你简直不是人。"

欧和也气愤地说："他们该打，在这个村里，只要我想要的东西，没人敢和我抢，明白吗？我欧和是什么人，啥都干得出来，我还怕谁？"

石萍气哭了，她说："欧和，我求你别闹了。我永远不会喜欢你，更不会嫁给你，你就是人渣，是无赖，我看见你就恶心。"

欧和缓和了一下语气，说："石萍，你还不明白，我真的很喜欢你，从小到现在从没变过。可不管我为你做什么，你不但不领情，反而还讨厌我，你说我会怎么想？"

石萍说："有你这么喜欢一个人的吗？不管你怎么想，关我屁事。欧和，我告诉你，以后请你不要再管我的事，我也不想再见到你，听明白了吗？"

欧和还想说什么，石萍也不想听了，她转身就走。一路上她都很生气，本来她与田庆没什么，只是同事关系，哪知欧和这么一闹，她不知道以后还怎么和田庆相处。还有，如果这事被其他人知道了，说不定他们添油加醋地说什么呢？

现在，石萍最想见是的顾大川，好像只有想起他，她心里才有一种踏实感，更有一种安全感。她向河对面顾大川的院里望了望，那院子已被竹林挡着，仿佛看见他这时也在院前望着她这边，只是他的眼睛里有一丝伤感和自卑……

3

石萍回到家里，父亲和母亲还没睡，他们还在看电视，母亲说："石萍，你怎么不早点回来？工作别太累了，要注意身体。"

石萍说："没事，学校事情多。"

正在一个劲抽烟的老石没说话，看得出他还在为她的婚事生气，她理解父亲是想让她嫁一个好点的家庭，也希望她以后过得更好。可他哪里知道，欧和在她心中的形象，简直让她一想起就感到恶心，他心眼小，嫉妒心强，她一点都不喜欢他。

石萍心情不好，没理父亲，她去厨房里洗漱后，直接走进屋里，老石叫道："石萍，关于你和欧和的事，你考虑好了吗？"

石萍走了出来，很生气地说："我不是说过了，我不同意。"

老石生气地说："这门婚事你必须得同意。"

"为什么？"

"不管为什么，婚姻大事得由父母说了算。"

"不管你怎么说，我就是不嫁欧和。"

老石更生气了，骂道："这事由不得你。"

母亲赶忙走出来，劝道："石萍，你也累了，早点去休息吧。"

听母亲这么一说，石萍回到屋里，关灯睡觉了。可她躺在床上怎么也睡不着，不知道父亲为什么要逼她嫁给她不喜欢的人，或许父亲真的是为她好，可这是终身大事，能随便听从父亲的安排么？要说以前她还不是很讨厌欧和，小时候发生的一些不愉快的事，随着年龄的增长，她也淡忘了许多，要没发生今晚的事，说不定经过父母的劝，她还可能改变主意，甚至为了父母，她还打算好好考虑这门婚事。

可偏偏欧和今晚无故打田庆，让她真的恨他了，一个人为了爱能干出这种事，真让她难以理解。她如果真嫁给了他，她还敢和别的男人交往吗？就是同事间说句话，也可能被他打，那还叫啥爱，简直是一个魔鬼，让人害怕。可这事她不想告诉父亲，不想让父亲为她的事更担心。

要是顾大川不是残疾人就好了，说不定父亲还会同意她的选择。她心中最爱的人是他，他成了残疾人也不能怪他，他是为了给她摘李子才摔瘸的，不说是她欠他的，至少他变成现在这样是与她有关，于情于理她不能抛弃他。可现实不是这样，要是她真嫁给了他，不知会让多少人笑话，更让多少人不理解。

她自言自语道："大川，你怎么会是残疾人呢？要是你不是残疾人，多好呀！不是我嫌你什么，是现实对你不公，我还能为你做什么呢？"说着她流出了伤心的泪水……

渐渐地，石萍进入了梦乡。梦中她看见顾大川向她走来，他的腿不瘸了，而且像正常人一样，她向他走过去，问道："大川，你的腿好了吗？"

顾大川笑着说："我的腿好了，我不是瘸子了。"

随后，他们在乡间小路上散步，春天像童话中的仙女，所到之处，万物苏醒。树木抽枝发芽，鲜花张开笑脸，大地披上了绿色的新装。原来黯淡、沉闷、萧索的乡村，变得明艳、亮丽、绚烂起来。小路弯弯曲曲，别具一格，路边是高大挺拔的杨树，树干是黄白相间的，树叶虽不比盛夏浓绿葱郁，但翠绿透明的叶片轻轻反射着阳光，颇有几分楚楚动人之意。

走着走着，顾大川变成了田庆，田庆幽默风趣，他说："石萍，自从我认识你后，我就喜欢你了。"

石萍听后脸红了，她低头问道："真的吗？"

田庆举手说："真的，我发誓。"

石萍拉住他的手，说："我知道了，别发誓了。"

他们继续走着，小路的两旁，长满了绿油油的小草，小草抽出嫩嫩的芽儿，显得生机勃勃。青草丛中点缀着许多五颜六色的野花，一朵朵灿烂无比。微风吹来，碧绿的麦苗轻轻摇动，如少女般清纯可爱，微笑着向他们点头、招手、致意。柔嫩的绿色让人心醉，使人心欢。

随后，他们手拉着手走着，幸福快乐地跑着。一大片黄澄澄的油菜花绽放着，花儿荡起层层金色微波，散发出阵阵清香，引得成群的蝴蝶在金黄的菜花丛中翩翩飞舞。田边的桃树上的叶子，还没长出花苞却布满了枝桠，花苞鼓鼓的，像要裂开来似的。最后，他们在水塘边坐下，田庆轻轻一搂，她顺势倒入他的怀中，他就亲她，她也十分动情地亲着他……两人就像一对恋人，充满着激情，感受着快乐、幸福、甜蜜。亲着亲着，一阵风吹来，把他们吹开……

当田庆伸手解她的衣服时，她吃惊了，推开他说："我是在和大川散步，怎么变成了你？"

田庆笑着说："我来了，他就走了。"

石萍愣住了，她起身去寻找，再也没有找着顾大川，她大声喊道："大川，大川——"

随着她的喊声，她醒了，原来只是一个梦。

4

第二天，石萍去到学校，田庆早已来到办公室，他见石萍来了，仿佛什么也没有发生似的，他说："石萍，我昨天又从朋友那儿弄到一些资料，你拿来去看看。"

石萍不敢面对他，她低下头问道："昨晚，你伤着了吗？"

田庆笑了说："没有，欧和那两拳能打伤我吗？"

石萍觉得对不起田庆，仿佛是她让他无缘无故地被打，她不知怎样才能表达对他的歉意。她说："我真没想到，欧和怎么会这样，这人也太小心眼了，他凭什么管我的事？"

田庆知道石萍心里在想什么，他也恨欧和，也觉得无缘无故被打真有点冤，但他觉得这不怪石萍，她也是无辜的，如果真怪她，她肯定承受不了，这对于她来说是一件不光彩的事，怪她只会让她更自责。他笑了笑说："石萍，你别老是想到那事，真的没什么，我又没伤到哪里，过了就啥事也没有了。"

石萍这才抬头看了看田庆，目光中含有感激，她说："你真这么想？"

田庆举起手，说："我发誓，要是我说了半点假话……"

石萍拉下他的手说:"好了,我相信你,别发什么誓了。"

田庆说:"我昨天又弄到新的复习资料,你先拿去复习吧。"

石萍接过资料,说:"好,我看了就还给你。"

这时,石萍手里拿着资料在翻,可她的心里却突然想起了昨晚那个梦,好像昨晚梦中她和田庆约会是真的,她更不敢看他一眼,只低头说:"田庆,我想,还是你先看了我再看嘛。"

田庆看了看她,不知发生了什么事,只觉得她今天是在有意回避他。他这段时间没对她做过什么,更没说过什么让她不高兴的话,但她到底是怎么了,他想来想去也想不出个原因来。他说:"石萍,你怎么了,有啥不开心的事吗?"

石萍说:"没什么,也许是昨晚没睡好。"

田庆说:"石萍,你别太紧张了,复习是慢慢地来,别急于求成,千万要休息好,不然身体吃不消,太累了复习起不到很好的效果。"

石萍说:"知道了。"

说着石萍起身,拿着课本去上课了,也许教书是她最爱的职业,不管她心中有什么不高兴的事,只要往讲台上一站,啥事都没有了。她认真地给学生讲课,看着学生们那一张张认真听课的笑脸,她心里也暖暖的。

下午放了学后,石萍早早走了,她没有直接回家,而是去了顾大川家,顾大川不在家,他去河边洗衣服了,她又去到河边。

也许是下午,河边没其他人洗衣服,只有顾大川在洗。石萍走过去,二话没说就帮他洗起来,顾大川不要她洗,说:"石萍,你别帮我洗了。不然,又要被人说闲话的。"

石萍边洗边说:"我不怕,帮你洗洗衣服,有啥,让他们去说吧。"

顾大川说:"你不怕,我怕。"

说着,石萍已将他的几件衣服洗好了,随后他们便沿着河边走着,河里的水潺潺流动,泛起了粼粼的波纹。清清的河水被一层轻纱般的细雾笼罩着,透过轻纱,他们看到小鱼在水里快活地游来游去,河水白而清澈见底,不时反射着片片白光。

随后,他们来到石桥下,石萍说:"大川,你怎么老是躲着我?"

顾大川说:"没有,我是怕别人说闲话,因为我是个瘸子。"

石萍亲切地挽着顾大川的手,她此时多想把发生的一切告诉他,可又不知道怎么说,如果说出来可能会更让他不理解,或者让他更自卑。她想来想去,觉得还是不说的好,她说:"不,大川,你在我心中是正常人,真的!"

顾大川虽然坐在她身边,只呆呆地看着她,仿佛生怕碰到她一样,她真不知道怎么说他,她多么希望他抱抱她,或者是亲亲她……可他却没看出她的心思,他说:"石萍,你的心情我理解,你现在是教师了,我们不可能了。只要……你还有这份心,我这辈子就知足了。"

虽然,坐在她身边的是她心爱的男人顾大川,但她却觉得隔得好远,远得让她迷茫,更有点悲伤。她再也忍不住了,她抱着他就亲,像发疯一样,让顾大川不知所措,可他也不是冷血动物,被她这一弄,他也来了激情,也变被动为主动,他也亲她、抚摸她,她却闭着眼睛,任凭他怎么弄,她全身软得像没有骨头似的,紧紧地扑在他的怀里……

这时,又有几位洗衣服的女子来到河边,顾大川赶忙走开,石萍看着他的背影,心里暖暖的。

第七章

1

很快全县公招教师的时间到了，石萍和田庆都报了名。田庆和石萍约好头天下午去县城住，因为从学校去镇上有二十多里山路，还要在镇上乘车才能到县城，第二天九点参加考试，要是当天去，时间肯定来不及，只好头一天就去县城住。

他们从镇上乘车去到县城，田庆和石萍在县城逛了逛，县城毕竟是县城，那一间紧挨一间的商店，还有穿着时髦的行人，让石萍好羡慕。随后，他们又去逛新世纪百货商场，商场里人很多，在一个卖衣服的柜台前，田庆拿来一件衣服让石萍试，说："石萍，你试试，这件衣服多好看。"

石萍笑了说："别试了，我又不买。"

田庆说："不买也可以试的，试试嘛。"

石萍只好拿着衣服试了试，那营业员对试穿的石萍赔着笑脸，说："你的身材这么好，穿起这衣服很好看的，就像好马配好鞍，真的！"

营业员似乎对每一个试衣的顾客都是这样，赔着笑脸，甚至说着违心的话，就是为了让他们买衣服。大多数店里的老板对服务员都实行了奖励制度，卖得多有奖，所以每个服务员对进店问衣服的人都十分热情，说着假话："你的身材保持得真好，穿起这衣服真的好看，买下吧。"

石萍试完后，田庆说："买下吧，你穿真的很好看。"

石萍坚决不要，田庆没法，只好将正要付的钱又放回钱包里了。

随后，他们又走进另一家商场，满眼都是"满60送60"打折促销的牌子。"满60送60"，难道不用花钱就可以拿走商品？石萍很是奇怪，问田庆："这是什么意思，真的不需要付钱吗？"

田庆笑笑，给她解释说："你买60元的商品，在支付款项后，商场会送给你相当于60元现金的返利卡，你可以用它再去购买其他的商品。"

石萍还是很困惑："可是他们为什么要那样做呢，那不是很不划算？"

田庆对她很有耐心，他想了一下，用最明白的话给她说："也不能这么说，虽然商场这样打折从表面上看是不划算的。但是，你仔细想想，本来你只想买一件东西或只是路过，看见这样低的折扣也许会动心的，再说你买商品时，也要算下它实际的价格，不能被促销广告迷惑了。"

石萍似乎明白地点点头："所以说，这是商场的一种促销手段。"

他们逛了好一阵，觉得玩得差不多了，石萍准备去住旅馆。田庆说："我有个姨妈在县城，我们一起去她家住吧。"

石萍说："我还是住旅馆吧，去你姨妈家住，会给她添麻烦的。"

田庆似乎早已想好的，他说："石萍，这就是你的不对了，我早就给我姨妈说好的，我和你一起去她家住。我姨父是副局长，她家的房子可宽呢。再说，你一个人去住旅馆不安全，还是去她家住安全些。"

石萍说不过他，看田庆是真心实意叫她去的，她就跟着他去他姨妈家。

随后，他们打车去到县城西门，再慢慢走去田庆姨妈住的小区。这是一个环境优美的小区，好几排高高的楼房，让小区显得高档气派。小区里的空地上停放着各种小车，各种健身设施应有尽有，老年人在练功、健身、跳舞。从山里来的石萍，觉得小区的一切都很新奇，半天也看不厌。石萍说："田庆，你姨妈住的小区，环境多好呀。"

田庆有些得意地说："当然，我姨父是副局长，住的房子还能不好？"

不一会，他们就到了田庆姨妈家，姨妈十分亲切地叫他们坐，说："我刚才还出来看了看，怕你走错地方。"

田庆说："姨妈，你这儿我经常来，怎么会走错地方呢？再说，我也不是小孩子了，能走丢？姨妈对我真是太好了，谢谢姨妈！"

姨妈笑了说："不管你多大，在我眼里都是小孩。哎，田庆，这位是？"

田庆赶忙介绍道："姨妈，她叫石萍，是我们学校的老师，明天她也要参加考试。哎，姨妈，她来你这儿住，我早就给你说过，你怎么就忘了呢？"

姨妈笑了说："对，你那天说过的，你看我这记性。"

随后，姨妈就去忙了，他们在客厅里复习。不一会，姨妈弄好饭，叫他们吃饭说："明天都考试了，你们还看书。我是教师，我懂得这个，你们今晚啥也不要想，要放松，好好休息，明天才有精神考试，明白了么？"

2

吃了晚饭，姨妈带他们去到小区外面走走。夜晚的小区更加迷人，每棵树下都亮起了彩灯，有红的、黄的、绿的，照得小区成了彩色世界，石萍好像进入了迷宫，更有进入了五彩缤纷的天然溶洞之感。

姨妈看了看石萍，轻声地对田庆说："田庆，这姑娘不错，长得清秀，又有气质，是个好姑娘，你得努力追哟！"

田庆不好意思地看了看石萍，说："姨妈，你说什么呢？人家只是我的同事。"

姨妈说："姨妈不会看错人的，石萍是个好姑娘，我看你俩也很般配的。"

虽然他们说得小声，但石萍还是听得清清楚楚，她没有出声。从内心讲，她也认为田庆是个不错的小伙，有文化有修养，性格也很开朗。要说喜欢，她还真有点喜欢他，只是她心里始终放不下顾大川，不知怎么的，不管从哪方面讲，顾大川也不能和田庆比，但她就是放不下他。

走了好一阵，时间也不早了，他们就回去休息了。

第二天一早，他们就赶去县中学，考场设在那儿。前来考试的人很多，他们等待监考工作人员查验身份，进了考场。这是每年一次的公招教师考试，考场里有二三十岁的年轻人，也有四五十岁的中年人，有的紧张，有的轻松，有的激情洋溢，有的显得沉着冷静。

开考前的十分钟，监考老师把试卷发给大家，石萍和田庆没在一个考场，这是她有生以来第一次参加这样的考试，一点经验都没有。她认真看着试卷，等监考老师说："可以答题了。"她就认真地做起题来。

终考的铃声响起，石萍还余下了两道题的空白。考砸了，原本满满的信心变成了沮丧。她走出考场，见田庆高兴地走了出来，她问道："田庆，你考得怎样？"

田庆高兴地说："我感觉还行，你呢？"

石萍叹息一声说："我考得不好，有两道题还没做。"

田庆说："石萍，你别灰心，你的题做得对不对，现在还不知道，争取下午这科考好嘛！"

很快，下午考试又开始了，石萍十分认真地做完题，交卷后走出来，田庆早已出来了，他说："石萍，现在考完了，别再想了。走，我们去车站乘车回家吧。"

当他们赶到公共汽车站时，已是下午6点，这时开往小镇的车只有最后一班。由于是最后一班车，座位上早已坐满了人，就是过道上也挤满了人，可还有人上车，石萍和田庆也上了车。随即车门关上，汽车缓慢地挪动了，石萍缓了缓气，定了定神。她看了看车上，怎么这么多人，仿佛车上的人随车的晃动而摇晃着，她努力地去抓扶手，找了个比较舒服的姿势，安静了下来。

车里都是人，石萍回头看看身边，田庆也挨着她站着，她想与他隔开点，因为太挤，怎么也隔不开，他们只能紧紧挨着。唉，满车的男女老少。

也不管男女授受不亲了，都那么紧紧贴在一起了，真是疯狂啊！

随着车的左右摇摆，田庆的身体时不时触到石萍的胸部，让她想躲也躲不开，她心跳得很厉害，脸也羞得红红的，她也知道他不是有意的，这是无奈呀！

田庆回头看了看石萍，问道："石萍，你是不是晕车？"

石萍说："不是，这车太挤了。"

田庆说："这是最后一班车，在城里上班的、干活的都要回镇上，所以很挤。没事，忍着点，一会就到了。"

很快汽车到镇上了，他们下了车，田庆说："石萍，我给你找个摩托车，你早点回去吧。我到镇上一个同学那儿去玩玩，平时上课也难得来一次。"

石萍笑了说："是男同学还是女同学？"

田庆笑了说："当然是男同学。"

石萍回到家，已是黄昏时分。老石问："石萍，你考得怎样？"

石萍有些沮丧地说："考得不好，这次肯定考不上。"

老石说："这次没考上，下次再考嘛。"

晚上，村里一位老人去世了，他们家人请来县电影公司放映电影。虽说现在电影看的人少了，但在这个小山村里，乡亲们看电影的热情依然不减当年。石萍不知是没事还是心情不好，她也走去看电影。大伙收工后也都急急地赶回家，像城里人一样早早地吃了晚饭，趁太阳还没落山，邀上三五好友结伴赶往放电影的人家。

天快黑的时候，电影开始了，大家的目光紧紧地盯在银幕上，石萍的思绪也在夜色中慢慢沉静下来。剧情搅得人心翻腾，银幕上悲，下面就哭，银幕上喜，下面就笑。电影就像一根魔法棒，让他们一起心潮澎湃，一起心焦如焚……电影放的是战斗片《血战台儿庄》，特别是听到军号响起，"同志们，冲啊"的时候，坐着的人都情不自禁地站起来，恨不能扬鞭催马；弹竭粮绝时，一列骑兵突然从天而降，所有人都松了一口气，场上响起一片欢呼声……

　　石萍看了好一阵，她起身到处寻找着顾大川，可她找了好一阵也没找到，她这才想起他现在在放鸭，晚上也要看鸭，他肯定来不了。回去的一路上，她不知在想什么，但她很失落，因为她知道这次考得不好，她不知怎么安慰自己。

　　石萍回到家后，不知道是担心还是失落，她怎么也睡不着。她起床走出房门，坐在院子里，想着城里的一切，田庆对她真好，时时照顾着她，她也明白他心中是怎么想的。可她却不能对他动心，因为她心中早已有了顾大川，还好田庆从没向她表白过什么，要是有一天他真向她说出他的想法，怎么办，她又怎么回答他呢？

3

　　那天，村长欧大奎找到顾大川，看顾大川吃力地赶着鸭子。他说："顾大川，你过来，我给你说个事。"

　　顾大川看了看村长，又看了看他的鸭子，自从那次欧和打招呼后，他的鸭子再也没放进河里了，他怯生生地走过去，问道："村长，你是来罚我的款吗？我的鸭子再也没放进河里了。我是看得很好的，一直都在田里放哟！"

　　村长嘿嘿一笑，他走到哪儿，都有人以为自己犯了什么事，都怕他似的。他虽然是村长，难道还要吃人不成？也难怪，现在人们心里怕官，有些当领导的人平时不接近群众，要有事了才去找群众，所以给他们造成这种心理负担。他吃惊地问道："你说什么，我来罚你款？顾大川，你告诉我，在这个村里，除了我能罚款，谁还敢随便罚款呢？"

　　顾大川想，那天欧和叫他别去河里放鸭子的事，难道村长还不知道？他一下明白了，肯定是欧和有意跟他过不去。但这事怎么告诉村长呢？他们毕竟是父子，不管怎样欧和是他的儿子，所以还是不说的好，少些麻烦。他说："算了，村长，那个事不说了，你来找我有什么事呢？"

村长笑了笑说："你别着急，听我慢慢地说，反正我找你有好事。"

顾大川更不明白，他呆呆地望着村长，他一个残疾人，还有啥好事轮到他呢，是不是村长在逗他玩的？村长也是，要逗也去逗那些整天没事想找事干的人，他都这样子了，还来取笑他，真有点不够意思。不对，要是在路上碰到村长，他说几句笑话还差不多，可这是村长专门跑来他放鸭的田边找他，肯定是有啥事，他问道："村长，你找我真有事？"

村长笑了说："真有好事，不然，我大老远的跑来找你干什么？"

顾大川又去赶了一下鸭子，说："村长，你说吧，到底有啥事？"

村长十分认真地说："顾大川，你每天放鸭多辛苦，我看你又是残疾人，就想帮帮你。"

顾大川简直不敢相信，以前他找过村长，想办低保，村长不但没给他办，反而还狠狠地骂了他一顿，说他有手有脚的，又不是干不了活儿，还想要低保？看村里那些生病没钱治的，孩子没钱上学的，人家要低保才合情合理，如果将这仅有的名额占了，你于心何忍？虽然村长骂得有道理，但他心里也不是滋味，不管怎么说，他也是一个残疾人，要低保也没错。他说："帮我？村长，你啥时想到帮我了？"

村长亲切地拍了拍他的肩，说："是这么回事，村里那个鱼塘原来是由老张在看管，现在他去他儿子打工的广东看孙子了，他走后需要一个人去看管鱼塘。我看你正适合这工作，所以我叫你去看管村里的鱼塘，也算是对你的帮助。"

顾大川听后，明白了原来是叫他去看管鱼塘，这算啥帮呀？村长毕竟是村长，把叫他去干活说得这么好听，他没回答，转身去赶他的鸭子了。

村长看出了他的心思，也跟了上去说："顾大川，我知道为低保的事，你心里还没想明白。不是我不帮你，是村里有更多的人比你还困难，你娃有手有脚的，干活吃饭，心里也踏实得多，还要啥低保？"

顾大川说："别说了，村长，我明白了。"

村长问道："那看管鱼塘的活，你去干不？我说，顾大川，你好好想想吧，每天只看管一下鱼塘，每月拿固定工资，这样好的事你还不想干？要是你真不想干，我就去找别人了。"

顾大川一听，觉得村长说的有道理，他说："村长，让我想想。"

村长说："我话就说到这儿，你愿干就干，不愿干就算了。"

不知是来得突然，还是他舍不得这群鸭子，他说："村长，这？"

村长一听不高兴了，说："顾大川，你以为随便哪个都可以去看那鱼塘呀？我们看你是残疾人，为了照顾你，才让你去的，想去干那活儿的人多的是，每天就是割点草喂鱼和看管一下，每月1500元的工资，不等于捡钱么？"

顾大川听村长这么一说，笑了说："好吧，那我想想。"

村长生气了，说："你还想，这么好的事，你还不想干，我看你脑子是不是有毛病？"

顾大川看村长生气了，他赶忙去赶他的鸭子。鸭子看见他来了，大声地叫着，仿佛是在与他亲切地说话。由于鸭子的叫声，村长还说了些啥，他没听清。村长站了好一会，走了。

不知他是信不过村长，还是舍不得他的鸭子，这事他没放在心上，也没去想。

4

不一会欧和来了，顾大川看都懒得看他一眼，他知道欧和又是有意来找他麻烦的。欧和为什么总是跟他过不去，他本想离欧和远点，可躲得开么？他说："欧和，你又是来罚我的款吗，我告诉你，我的鸭子可没放进河里，我看你还有啥理由罚？"

欧和冷冷一笑，他说："顾大川，我不知怎么说你，你看田里的稻子快扬花了，你却把鸭子放进稻田里，这田里的庄稼经得起你这么些鸭子折腾？"

顾大川生气了，说："欧和，你是有意找茬是不是？你不要我在河里，又不要我在田里放，你到底让我去哪儿放鸭？"

欧和说："你在哪里放鸭我不管。我只知道，现在稻子扬花了，你在稻田里放鸭，是有意损坏庄稼。"

顾大川说："欧和，你也管得太多了吧，我这是在自家的田里放，关你屁事。"

欧和十分得意，他看见顾大川越生气，他就越开心似的，要是顾大川不生气，他还不高兴呢。他说："这是我的工作，怎么，不该管？"

顾大川越听越生气，他走过去，想打欧和，说："你信不信，我想揍你。"

欧和知道他一个残疾人不敢打他，就是借他十个胆子，他也不敢先出手打人的，欧和一点也没有退让的意思，说："你一个瘸子，你还想打人，我欧和是什么人，我想你不会不知道吧？"

顾大川将握紧的拳头又松开了，说："我今天就要在我家的田里放，看你能把我怎样？"

欧和说："我就只好去请示镇农技站，来将你的鸭子没收了。"

这时，顾大川的父亲听到吵架声从屋里走出来，他拦住了顾大川，连忙给欧和说好话："欧技术员，对不起，我家大川性子急，我回头帮他把鸭子赶回去。"

欧和走了，父亲帮他把鸭子赶了回去，关在院前的小池子里。他说："你也不看看，欧和是什么人，你能惹得起他，他啥事干不出呢？他随便找个理由给你把鸭子没收了，你找谁说理去？"

顾大川想，河里不准他放鸭，他自家的田里也不准放，那他还能去哪里放？干脆不放鸭了，去找村长看管鱼塘去，不图别的，就图个轻松自在。

顾大川跑去找到村长，说："村长，我答应你，我来看管鱼塘。"

村长笑了，好像早就知道他会来一样，说："你决定了？"

顾大川说："是的，我决定了。"

村长说："顾大川，定了的事你可不能反悔哟，那你明天就去上班。"

顾大川说："好的，我明天就去。"

从此，顾大川就去村里的鱼塘干活了。他觉得村长说的没错，在这儿干活比放鸭轻松，更费不了多大力气，高兴时就去多割些青草把鱼喂饱点，不高兴时就在鱼塘边坐坐，没人说他在偷懒，因为他的工作就是看管鱼塘。

顾大川虽是这样想，但他还是认真地割草，他知道鱼儿要吃很嫩的青草。不说别的，就是村长的一番好意，也得好好干，像他这样让别人瞧不起的人，村长能叫他来看管鱼塘，对他不说有好大的恩，也是对他的关照。不然，会叫他来干这工作吗，随便找一个人，也能干好这工作的。

顾大川自从来到这儿，一会割草，一会给鱼塘换水。常来鱼塘边玩的刘大爷说："大川，歇会吧，我看你从来没闲着，鱼塘里的鱼会自然长的。"

顾大川笑了说："我拿了工资，就应该认真干。"

刘大爷说："我没事就来这鱼塘边玩，看久了对养鱼也略懂一些了。以前那位看管鱼塘的人，多半时间是玩，哪像你这样认真，鱼还是照样长大。"

顾大川听后放下了手中的活，擦了擦汗水，走了过来，坐下休息。刘大爷拿出烟递一支给他说："来，抽一支，歇会嘛。"

顾大川接过烟，点上，说："刘大爷，你儿子好像出去打工了？"

刘大爷说："他呀，几年前就去了广东打工，现在当上主管了，每月工资6000多元，通过他介绍，好多人都进了他那厂，个个都挣了钱。"

顾大川吃惊地说："真的呀？"

刘大爷说："大川，我看你也别守这鱼塘了，还是出去打工挣钱多。

要是你想去我儿子那厂，我给他说声就是，保你每月挣上好几千。"

顾大川听后，笑笑说："谢谢刘大爷，我腿有残疾，去了也可能干不了那活的。"

刘大爷看了看他，说："哦，我还忘了，你腿有残疾，他那厂只要身体好的人。"

听了刘大爷的话，顾大川脸上笑容没有了，他起身又去干活了。

塘里什么鱼都有，有鲤鱼，草鱼，鲫鱼，白鲢鱼等等。顾大川看着鱼塘里的鱼活蹦乱跳，他心里也十分高兴，知道这是他割草喂的，他就想多割点草，让鱼儿吃得更肥。

每天早晨起来，顾大川把镰刀磨得亮亮的，来到山坡上挑那些嫩嫩的青草割，嫩嫩的青草鱼儿爱吃。草割好后，他背着满满的一筐青草，在鱼塘的周围抛撒，那些鱼儿就会浮出水面，一群群地游动，找自己喜欢的饲料。他看见鱼儿游动的样子，心里特高兴，他想用手去抚摸，去接触鱼儿，往往手还没有接触到水面，鱼儿已经游走了。

"这鱼儿还挺狡猾呢，怎么一个鱼儿都抓不到？"他自言自语道。

稻谷飘香的季节，正是鱼儿生长的时候，水温刚好，不冷不热。鱼儿在水底下自由自在、无忧无虑地游来游去。饿了有顾大川给它们喂草料，没有氧气了，他从秧田里放水换水，保持鱼儿的正常水域。到了夜晚，鱼塘边是最热闹的地方，鱼塘里的青蛙开始鸣叫，"呱呱呱"地叫着，两个腮帮子像鼓一样。草丛里的蛐蛐也在叫着，一些螳螂在周围的草丛里爬来爬去。他借着月光，在鱼塘的周围观察，看看哪里的草料没有了，哪里的水域出了问题。细心的他，仿佛把鱼塘作为了他生活的全部。

那天，村长欧大奎下队去检查了工作，喝得醉醉的，他歪歪倒倒来到鱼塘边，对顾大川说："顾大川，你这鱼喂得比我想象的还要好。"

顾大川怕村长摔进鱼塘里，赶忙扶他到旁边的看鱼棚里坐下，说："村长，你安排我的工作，我能不好好干吗？"

村长高兴地说："这鱼塘，作为村里收入的一部分，你要好好看管，村里的开支还得靠它哟，明白吗？"

顾大川笑着说："明白,村长。早知我干得好,你怎么不早安排我来呢？"

第八章

I

村长虽然喝了酒，但他还是很清醒。他笑了说："你呀，夸你几句你就飘了。不过，你这工作干得很好的，我欧某当村长这么多年，从没看错一个人，包括每次提拔队长，只要是我提的，个个都能干。你也是我提的，也算我也提对了人。顾大川，你好好干，要是鱼塘里的鱼长得好，我给你发奖金。"

顾大川知道村长是喝了酒，说的是酒话，但他还是高兴地说："真的？"

村长说："我哪次说的话没算数，给你发点奖金这芝麻大点的事，我说了还算不了数？"

顾大川说："不是，村长，你这是喝了酒说的嘛。"

村长说："村里的哪样事不是我喝了酒才表的态，哪样又没算数呢？"

顾大川说："是的，村长说的话肯定算数！"

对于其他人来说，别人喝了酒随便说的一句话，只当笑话听，可顾大川当真了。不是他真想要什么奖金，只是觉得村长还是在用眼睛看他的，哪怕只是一句空话，也让他觉得很满足。因为他从小到大，别人总是用瞧不起的目光看他，哪会像村长这样表扬他呢？对于他来说，一句动听的话，可能比他得了奖金还要高兴。

顾大川吃了晚饭，在鱼塘边转了好一阵后，才回鱼塘边的棚子里睡觉了，也许是累了，很快就睡着了。在半夜里，他被一阵脚步声惊醒，睁开眼睛，借着淡淡的月光，他看见鱼塘边有人走动，以为是路过的人，不一会又听见水声，他感觉到不对，不是过路的人，是有人偷鱼。

顾大川翻身起床，打着手电筒，走了过去，一看是村里平时几个游手好闲的人，正用网在鱼塘里网鱼，顾大川大声吼道："你们在干什么？"

那人看着顾大川，没有一点害怕的意思，反而恶狠狠地说："你别大惊小怪的，我们哥俩想弄几条鱼来下酒。"

"不行，这鱼是村里的，能随便弄吗？"

"顾大川，你是不是不想活了，还敢管我们的事？识相的就赶紧走开，不然，我们就对你不客气了。"

"我的工作就是看管这里的鱼，你们赶快把鱼放下。"

其中一个人走上来，恶狠狠地说："你也不看看，你瘸子一个，还想打架，滚远点。"

顾大川转身拿起一根扁担，对着那人就狠狠打去，那人见势不对，转身就跑，慌乱中网到的鱼也没能带走，顾大川边追边说："村里哪里对不起你们，你们这样做对得起全村人么？整天游手好闲，还能有什么出息？"

顾大川追了几步，回转身来把鱼又放回鱼塘里，他才大大地松了口气。

其实，偷鱼的事不止发生过一次。有些心里对村长有意见的或不甘心顾大川看管鱼塘的人，想方设法来找些麻烦。比如晚上捉青蛙和捉黄鳝的，都在鱼塘边转来转去，想抓几条鱼。比如有的借在塘边乘凉时，也想去网几条鱼……俗话说得好，不想吃锅巴，怎么会在锅边转呢？

顾大川十分警惕，只要一听到狗叫，他就从床上爬起来，打着手电筒去看看，要是那些人还不走，他大声吼道："有人偷鱼了，快来人哟！"

只要听到他大声喊叫，那些偷鱼的人都大步地跑了。

2

有人偷鱼的事被父亲知道了，父亲不放心跑来鱼塘边，说："大川，你在这儿看鱼塘，我真的不放心，你是一个残疾人，别那么认真，凡事尽到责任就行了，千万不要让自己吃亏，明白吗？"

顾大川看着父亲一脸担心的样子，笑了说："没事，你放心吧，我不是好好的吗？"

父亲仍不放心，想着他一个残疾人，万一哪天被偷鱼的打了，又找谁申冤去？父亲说："我劝你还是别干这个了，还是回家好好干农活，人一辈子图个啥，还不是图个平平安安。"

顾大川急了说："我看哪个还敢来偷鱼，我就不相信天底下就没有公理了。虽然我是个残疾人，但我也不怕，守鱼塘是我的工作。"

父亲生气了，他站起来，大声地说："你怎么这么倔呢？你想想，那些让你赶走的偷鱼的人，说不定哪天会再来，更有可能来报复你，那些都是天不怕地不怕的小混混。你万一出个啥事，怎么办？"

顾大川说："爸，你回去吧，没事的。我是村长叫我来看管鱼塘的，万一有个啥事，我找村长去，有村长支持，我还怕什么呢？"

父亲知道难以说服他，只得连连叹气，转身走了。顾大川看着父亲的身影，他也知道父亲是为他好，可他不想放弃这来之不易的工作。他作为一个残疾人，他有了这活干，还能体现出他的价值，更让他有一种生活的乐趣和信心。

晚上，突然下大雨，顾大川披着蓑衣，戴着斗笠去到鱼塘边。害怕山洪把鱼塘的田坎冲垮，鱼儿会被洪水冲走，他赶忙打开缺口排水，又用一张比较密的网在缺口处拦住，不让鱼儿跑出去。

果然不出所料，瓢泼的特大暴雨连下了好一阵，使河里洪水暴涨，上游的一个水库堤坝被冲垮，滔滔的洪水如脱缰的野马，奔腾咆哮流下来，村庄低处被洪水淹没，顾大川到处跑去喊醒正在熟睡的人，那些人纷纷撤离。

顾大川这才想起石萍家离河边不远，他又冒雨向她家走去，闪电伴着雷声，让他也感到有些害怕，但他想到石萍一家说不定还在睡觉，面临着被大水冲走的危险，他就匆匆地往她家赶，当他快赶到她家时，发现大水已将她家淹没。

顾大川站在石萍屋后的山坡上看着，大声地喊道："石萍，石萍，你在哪儿呢？"

这时，也许是石萍听见了喊声，她走了过来，看着顾大川那着急的样子，她说："大川，我在这儿。"

顾大川看见了石萍，他笑了说："石萍，你全家都没事吧？"

石萍十分感动，她没想到顾大川第一时间想到的还是她，而且冒这么大的雨来到这儿找她，她说："没事，我们早就出来了，现在我爸妈在山上的那家人躲雨呢！我是出来看看洪水淹到哪儿了，也想跑去鱼塘边看看你，怕你有个意外……"

顾大川听后，高兴地说："我怎么能有什么意外，我会游泳的。"

随后，石萍叫顾大川去上面的山洞里躲雨，他们就去到山上的山洞里。

山洞里黑压压的，只有外面的闪电不时将山洞照亮。雨越下越大，雷声伴着雨声，让这个夜里充满着恐惧，石萍不知是害怕，还是心中对顾大川爱恋，她紧紧地依偎着顾大川，说："大川，只要你平安无事，我就放心了。"

顾大川说："是的，只要我们都没事，就好！"

石萍紧紧地靠着他，仿佛这时才感到安全，更感到温暖。可顾大川却从没用手搂她和抚摸她，只是像一个木头人一样静静地坐着，他说："石萍，你闭一会眼睛，不然，你明天上课就没精神了。"

石萍就真的靠着他，闭上眼睛，一阵吓人的雷声响起，石萍被吓得全身抖了一下，双手紧紧地抱住他，说："大川，这雷声好吓人哟！"

顾大川仍没动，他像一块冰冷的石头，更像一个树桩，让石萍靠着，搂着，不知是他自卑，还是觉得不应该对她有点什么，他说："别怕，有我在，你什么也别怕。"

过了好一阵，天亮了，石萍去学校了，顾大川回到鱼塘边，大家都十分感激他，说："大川，要不是你叫醒我们，说不定我们被洪水冲走了。"

顾大川说："没事，正好我在看鱼塘，不然我也睡着了。"

洪水过后，又是干旱，雨水很少，气温很高，那些鱼儿就会浮出水面，因为水里缺氧，鱼儿生活的环境就很差，顾大川担心鱼儿会死亡，他就用电动抽水机抽水循环，给鱼儿增加供氧，这样能够减少鱼儿死亡率。他虽然没有什么文化，但是他肯钻研，也多少学到了一些养鱼的经验。

那天，有几个干部模样的人拿着钓竿来到鱼塘边钓鱼，也许鱼塘里的鱼多，不一会他们就钓起了好几条好几斤重的鱼，顾大川赶忙过去制止，说："这鱼塘不准钓鱼，那边写有公告的。"

其中一个人看了看顾大川，问道："他是谁，一个瘸子也敢来管我们？"

另一个说："好像是看鱼塘的。"

顾大川见他们继续在钓，他气愤地走过去说："这鱼塘里不准钓鱼，你们听见没有？你们再不走，我就收钓竿了。"

有一个人也生气了，说："你也不看看我们是谁？"

顾大川走过去抓他们的钓竿，说："管你们是谁，不准钓就是不准钓。"

"你去把你们村长叫来，看他要我们钓不？"

"我是这里的看管员，我说了算，我就把你们的钓竿收了，看你们还钓？"

说罢，顾大川就把那些钓竿收了，那几个人好像被弄糊涂了，只好起身走了。

不一会，村长跑来了，他十分生气地骂道："顾大川，你这下干了好事，刚才钓鱼的是镇领导，也是我请来的，只是刚才我去安排生活了，还没来得及给你说，没想到你却把他们的钓竿收了，你……你真不懂事。"

顾大川被村长骂得不知如何是好，他说："不准钓鱼是你规定的，别人不准钓，你为什么准他们钓？"

村长说："顾大川，我不知怎么说你？你赶快把钓竿拿来，我给他们拿回去，这个礼我要怎么才赔得起哟。"

顾大川把那些钓竿给了村长，村长拿着钓竿急匆匆地走了。

顾大川为这事把村长得罪了，他想不通，自己完全是按村长的要求办，可怎么就错了呢？鱼塘里不准钓鱼也是村长规定的，他只是按规章制度执行，他是鱼塘的管理员，为执行这制度，他不知得罪了多少人。

以前得罪的是临近的一些村民，这次得罪的人居然是镇领导，镇领导是管村长的，得罪了他们就等于得罪了村长，村长能得罪得起么？顾大川也没少给村长赔礼，不知是村长原谅他了，还是这事慢慢就过去了。

3

那天中午，正当顾大川忙完准备回到鱼塘边的棚子里午睡时，突然听见有人喊："快来人呀，有人落水了。"

顾大川听见喊声，翻身起床，向鱼塘另一边跑去。他会游泳，但腿有残疾，已多年没下过水。见此情景，他脱下外衣纵身跳入河中，奋力向落水的女子游去。游了一会，也许腿不好，让他无法往前游，他就立即将泳姿换成仰泳，最终成功到达女子身边。女子因从鱼塘边的高处跳下，已经昏迷，他伸出右手拽住女子后背，左手奋力向对岸划去。

顾大川越游越慢，但最终成功抵达岸边，一名围观的人拿来一根长长的竹竿伸向他，他就死死抓住，终于把女子救上了岸。在岸边，大家七手八脚地施救，把她倒放，使劲拍打胸口，女子终于渐渐恢复了意识。醒来后，女子一边哭，一边说自己是外地人，嫁到这里，有一个年幼的儿子，因家庭纠纷一时想不开而做出了傻事，她哭道："顾大川，你不该救我，我死了反而是解脱。"

顾大川没出声，他听着女子的哭诉，不知道她家里发生了什么，但他觉得不管发生什么，也得好好活着。

随后，女子的家人赶来将她扶了回去，顾大川才回到棚子里换上干净的衣服，大大地松了口气。其实，他救人也不是第一次了，有一天早上，他正在坡上割草，突然听见有人大喊："小姑娘掉进河里了，快救人哟！"

顾大川急忙跑下去，只见河面上冒出一个又一个的小水泡，一双小手伸出水面，胡乱地抓着。在河边洗衣的女人着急地看着河面，谁也不敢跳下去救那个小女孩。他跑下去，一下跳进河里，迅速地向小女孩游去。不一会儿，河面上露出了小女孩的头，接着又露出他的头，他抱着小女孩游到河边，用手把小女孩推到岸上，然后自己才跳上岸。洗衣服的女人有的看着获救的小女孩，有的向他投去赞许的目光。小女孩的家长听到消息也跑来了，一看孩子得救了，含着眼泪拉着顾大川说："你救了我家孩子的命，我们全家真不知怎么报答你？"

顾大川说："这点小事，说什么报答呢。"

顾大川也许是累了，他就倒在床上睡觉，他想着一幕幕救人的事，心里也十分高兴，不是希望别人感激，至少他认为他是做了有意义的事。

这时，石萍来了，她走过去站在顾大川身边，说："大川，没想到你在这儿工作还这么清闲，累了可以在这么美的鱼塘边坐坐，烦了也可以看水中的鱼儿。"

顾大川回头看见了石萍说："石萍，你怎么来了？"

石萍说："今天周末，学校不上课，我来看看你。"

顾大川站起来，说："你现在是教师了，多好的工作，村里不知有多少人羡慕你呀！"

顾大川陪石萍在鱼塘边散步。石萍说："大川，你腿不好，要注意身体，别太累了。还有，鱼塘边湿气重，你晚上在棚子里睡觉，要多盖被子。"

顾大川听石萍这么一说，心里暖暖的，他说："好的，我记住了。"

石萍说："我今天来看看你，看到你过得这么开心，我就放心了。"

顾大川好像听出了石萍有点不开心似的，他问道："石萍，你好像有什么不开心的事？"

石萍笑了说："没有，我也很开心的。"

"你现在是教师了，好好干，我从小就崇拜教师，每天教书育人，轻松又高雅。石萍，我看你很适合干这个工作，你气质形象很好，又上过初中，我相信你以后会有很好的发展的。"

石萍不知怎么回答他，说真的，她现在心里也很失落，她说："大川，时间不早了，我想回去了。"

顾大川说："好吧，我这会儿也没事，也想回家去拿件衣服，我们一起走吧。"

石萍说："好。"

他们沿着乡间的小路往家走，乡间的田埂纵横交错，向远方延伸着。田埂的两旁长满了绿油油的小草，显得生机勃勃。石萍说："大川，小时候，我们上坡割草的时光多美。"

顾大川说："是的，人在小时候最快乐，现在我们长大了，却要为生活而忙碌。只是我现在腿有残疾，小时候的很多梦想都不能实现了。"

石萍用手亲切地扶着他，顾大川觉得既幸福又不自在，他想推开石萍的手，可他又不忍心，他就这样让石萍与他亲近，而他自己却没一点小动作，像啥也不懂一样，他越是这样，石萍扶着他的手就越拉越紧，她说："大川，不要因为你腿有残疾就悲观失望，你很好的，你的腿丝毫没影响你什么，一样干活一样生活，你说是不是？"

顾大川笑了，笑得极不自然，有自卑，更有坚强，他说："是的，没有影响我什么，可在别人的眼中，我就是一个瘸子。"

石萍说："大川，别这样想，你在我心中跟原来一样，不是瘸子，是一个正常人，你一定要相信我，你仍是我小时候的大川哥。"

顾大川高兴地说："嗯，石萍，我相信！"

这时，正好碰到欧和，他看见他们这么亲热的情景，十分生气，他瞪着眼睛看了好一阵，心想他们也会知趣了，可哪知他们像没看见他一样，仍亲亲热热地边走边说话，他大步走上去，大声地说："天底下哪得这么巧的事，你们亲热怎么不在屋里，到这大路上来，是不是我来的不是时候，坏了你们的好事？"

石萍赶忙收回手，很不高兴地看了他一眼，想走开算了，欧和说："哟，怎么招呼都不打一声就想走，不管怎么说，我们还是一起玩大的，没感情还有友情嘛！"

石萍说："欧和，我们走我们的，关你什么事？"

欧和说："石萍，你话别说得这么难听，作为一个教师，为人师表，你怎么能这样，这不有损你教师的形象吗？"

石萍说："我哪点形象不好？你说，我又做了什么让你看不顺眼的事？"

欧和说："你做了什么，你自己明白，话还是不说明的好。不然，你我都没有面子。"

石萍知道他要说什么，如果真的挑明白了，可能受到打击的还是顾大川，因为她知道，在欧和的眼里，顾大川是个残疾人，他心里始终是瞧不起顾大川的。她冷冷地看了他一眼，没出声，转身走了。

顾大川生气地说："欧和，你也太过分了。我和石萍顺路，偶尔碰到说说话，这有什么不对吗？"

欧和气愤地说："能这么巧，偶尔碰到？你心里怎么想的，我还不明白，你少在我面前装。石萍现在是教师，不说别的，你一个瘸子就是和她走在一起，你看别人笑话不？"

顾大川气急了，他骂道："我是瘸子怎么了，我能干活，我能生活，我瘸不瘸关你什么事？"

欧和说："顾大川，你拿村里的工资，不好好守鱼塘，东走西走的，这工作你是不是不想干了？"

顾大川说："我干不干，不由你说了算。"

欧和说："由不由我说了算，你走着瞧。"

4

不久，顾大川看鱼塘的工作就无故被下了。

他怎么也弄不明白，他干得好好的，说不要他干就不要他干了，这看管鱼塘的工作，他认为自己是十分认真的，不管割草喂鱼，还是看管鱼塘，他都是尽了力的，可怎么村长就对他的工作不满意呢？到底是他哪点没做好，他想来想去，除了他按规定不准钓鱼得罪了镇领导，其他方面他都做得很好。

可村长还是不让他干了，他不服，跑去找村长，说："村长，当初是你劝我看管鱼塘的，才干一年多，你又不要我干了，我哪点干得不好？"

村长看了看他，不知怎么说，只深深地叹息一声，冷冷地说："难道你想守一辈子鱼塘？你这看管鱼塘的工作是干得很好，可干得再好也并不说明你就是个会干事的人。"

顾大川没听明白，他不知道村长说这话的意思，他问道："村长，你这话我没听明白，你说我的工作干得好但又说我不会干事，到底是怎么回事？"

村长生气了，说："顾大川，你傻不傻呀，怎么连这个都不明白？我不知怎么说你，你那次收了镇里领导的钓竿，你知道给我惹了多大的事？"

顾大川气愤地说："村长，鱼塘不准钓鱼是你定的，我按你村长的规定办事，难道还有错？"

村长懒得跟他说了似的，挥挥手，说："你去吧，我还有事。你以后别再为这事来找我了，我也没办法，这是村委会定的，看管鱼塘的工作另外定人了。再说，我得罪了镇领导，也不知哪天就会下岗，我现在也自身难保了。"

顾大川说："他镇领导难道就不遵守规定，就可以高人一等？"

村长叹息一声，说："顾大川呀顾大川，我不知怎么说你，你还是继续去放你的鸭子吧。"

不说鸭子还好，一提鸭子他更来气了，他说："村长，我现在哪还有鸭子放。早知这样，我就放我的鸭子，说不定都卖了好多钱了。现在这样，我哪还有本钱买鸭子？"

村长生气了，说："你有没有鸭子放关我屁事，我总不能包你一辈子看守鱼塘吧？"

顾大川见村长生气了，他只好转身走了。

石萍听说顾大川被下了，她知道这事一定是欧和干的，她非常气愤。她明白欧和为什么恨顾大川，这都是冲她来的，他这人怎么能这样呢？

那天，欧和正在他家屋后的果园里转悠，石萍走去找他。欧和见石萍来了，他笑了，以为她是来找他玩的。他说："石萍，你看这儿的景色多美呀。可我一直在想，光是美景，没有美人来，不浪费了这种资源吗？正好，今天你来了，让这里的美景更美了。"

石萍哪有心思听他闲扯，更没有心情欣赏这美景，她走过去说："欧和，我今天来不是想听你瞎扯，你也真不是人。"

欧和笑了说："哎，石萍，你话别说得这么难听，让我好好的心情没有了，你也不会这么狠心吧？"

石萍生气地说："我问你，你怎么把顾大川下了，他一个残疾人，能有个看管鱼塘的工作，多少有点收入，对他来说真的不错了。"

欧和没直接回答，他说："石萍，你看，我的果园多美，你来得正好，在这么美的地方，我们玩玩？"

石萍没好脸色，看都懒得看他一眼，说："我才没那份闲心和你玩，你整天过着衣食无忧的生活，你也不想想别人，生活得这么艰难，你难道一点同情心都没有？"

欧和笑了，他装着不明白，说："石萍，我不知道你在说什么？我对谁没有同情心，其实我这个人心很善良的，只是你对我有偏见而已。"

石萍说："你为什么出歪主意，不要顾大川看管鱼塘了？"

欧和笑了笑说："笑话，他守不守鱼塘，关我什么事呢？"

"我知道这事一定是你干的，你心里想的什么我明白。你为什么这样对他，他一个残疾人，你这样做良心过得去吗？他到底和你抢什么了，你说？"

欧和生气了，说："他和我抢什么，他心里明白，你心里也明白。"

石萍当然明白，她说："你如果真喜欢一个人，就光明磊落，别这样去背地里整人。"

欧和见石萍真生气了，缓和了一下语气说："石萍，我所做的都是为了你，你还不明白？"

石萍说："你这种人，还值得别人去爱吗？"

欧和说："石萍，我哪一点比不上他顾大川，他一个瘸子，你到底喜欢他什么呢？"

石萍说："我就是喜欢他，我看你还能把他怎样？"

欧和听石萍这么一说，他不但没生气，反而笑了，他走近石萍，用手去拉她，想拥抱她，却被石萍推开，他说："石萍，既然你来了，我们就好好谈谈吧，你对我有偏见，是因为你不了解我。"

石萍说："我还不了解你？"

欧和又走上来，一下子将石萍抱住就亲她抚摸她，石萍使劲推，却怎么也推不开，看得出他是下定决心要得到她，他喘着粗气，边抚摸边说："不管怎样，我要得到你。因为我已经向你提了亲，我们也算是恋人，我今天这样也不会犯法的。"

石萍听后骂道："欧和，你真不是人，你提亲谁答应你了，你做梦去吧。"

欧和不管石萍怎么说，他发疯似的搂着亲着。眼看他就要将她按倒在树林里了，石萍给了他一耳光，欧和松了手，石萍转身就跑了。

5

石萍本来想去找欧和问清楚，到底顾大川是怎么被下了，人家干得好好的，说不要他看管鱼塘就不要了，这到底是怎么回事，是他什么地方没做好，还是因为她而影响到他呢？没想到事情搞砸了，欧和对她怎样，她心里明白，但这肯定是不可能的，因为她一见到他就恶心。

石萍没有直接回家，她整理了一下凌乱的头发，到处转了一下，她心情很复杂，为欧和的无礼而气愤，也为顾大川被撤而担心。她去到顾大川家里。此时顾大川正在家喝闷酒，石萍走过去说："大川，你别喝了，喝多了对你身体不好。"

顾大川见石萍来了，叫她坐下说："我心里不好受。"

石萍看着顾大川那失落的样子，还有他那无助的眼神，她心里比他还难受。她说："我知道你心情不好，所以才来看看你。你别再喝了，一切都会好起来的。"

顾大川又喝了一口酒说："石萍，谢谢你，我是个没用的人了，还怎么能好得起来呢？"

"你不是喜欢放鸭吗，又买鸭子放嘛。"

"那些鸭子早已卖了，现在哪还有钱买？"

"我支持你，大川，只要你高兴做的事，我都支持你，你要相信我。"

听石萍这么一说，顾大川脸上也有了笑容，他说："真的呀？"

　　石萍坐到离他最近的地方，为自己倒上一小杯酒，端起来一口喝干了，她亲切地说："真的！其实，每个人都有许多不如意的事，我的心情也不比你好到哪里，来，大川，你想喝酒，我陪你喝。"

　　石萍又倒上一小杯酒，正想喝时，顾大川却从她手里抢过酒，一口喝下，问道："石萍，你告诉我，到底出了啥事？"

　　石萍没出声，她又想倒酒，顾大川却不让她倒了，他说："你告诉我，是不是欧和对你做了什么？"

　　石萍听他这么一说，惊讶不已，顾大川怎么想到是这事。凭她对顾大川的了解，这事一定不能告诉他，要是他知道了，还不知会闹出啥事来。她说："真的没事，大川，你别多想。"

　　也许是喝了酒，或者是顾大川太自卑，他脸上的笑容很快就消失了。他说："石萍，你还要上课，你走吧，谢谢你来看我。"

　　说罢，顾大川又把倒上的那杯酒一口喝完，也许是顾大川醉了，他顺势靠在了石萍身上，石萍没有推开他，而是用手搂着他，看到他那失落的样子，她也流出了泪水。随后，她把顾大川扶去了床上，想让他好好休息一下，她给他盖好被子后，走了。

I

石萍回到学校，学校已经上课了，她下午没课，就在校园里转了转。学校那一排白墙瓦房半掩在树木之中，学校外面是一个池子，满目莲藕、遍地绿色、鸭鹅蹒跚田埂、鱼虾逐戏浅底……只有教室里传出学生们朗朗的读书声，她听得真切，也感到亲切。

学校教室后面是一片竹园，炎炎夏日，下课之后，同学们都去到绿油油的竹子下面，享受悠悠清凉。竹园与学校之间是一片菜园地，老师也在那儿栽种了白菜。由于肥料充足，白菜长得分外茁壮，连附近的老乡都赞叹不已。绿油油的白菜，让住在学校的老师享受了自给自足的乐趣。

说真的，儿时的石萍多想长大后成为一名教师，哪怕条件再艰苦也是十分快乐的。如今，她真成了村小学的一名教师了，她感到自己无比的幸运。

石萍在外面转了转，她回到办公室批改学生的作业。办公室里，有课的老师都上课了，没课的老师也在忙自己的事，不是备课就是批改学生作业。

石萍虽然只是一个代课教师，但她在工作上十分认真，想方设法为学生营造一个勤奋向上，充满生机活力，充满竞争的学习环境。

为了带好一个班，上好每一节课，她常常日思夜想，认真查阅各类相关的参考资料，向有经验的教师请教，细致地做好每一个有"问题"学生的思想工作，不遗余力地走访或接待每一位学生的家长，备好每一节课。有时已是夜深人静，她劳累了一天后躺在床上，但满脑子仍是问题、答案。

她班上有一个学生不爱学习，上课时老是找旁边的同学说话，那旁边同学的家长知道这事后，来到学校找到她说："石老师，我儿子说上课时林志同学老是找他说话，这样下去他肯定学不好，请给他换一个座位。"

石萍说："这个座位不能换，虽然换了座位对你儿子学习有好处，可你想过没有，如果真把座位换了，对林志同学肯定是个打击。"

家长生气了，说："他不认真学就算了，还去影响别人，你不给我儿子换座位，我找校长去。"

那位家长又去校长办公室反映了情况，校长对石萍说："人家说得没错，你就给他儿子换个位置，别再让林志同学影响他的学习。"

石萍说："校长，这个位置不能换，换了对林志同学肯定打击大，说不定他就不来上学了。"

校长说："不爱学习的学生，来不来上学不重要，重要的是要给认真学习的学生创造一个好的环境。"

为这事，石萍多次找林志谈话，给他做思想工作，为了鼓励他，还让他当上了班上的学习委员，还说学习委员就是班干部，班干部就要带头认真学习，果然，林志不但上课不讲话了，学习成绩也好了很多。

2

有一天，下午放学后，石萍依然在办公室备课。这时校长走了进来，他看了看办公室只有石萍在，于是坐下说："石萍，你看到这次考试的分数了吗？"

校长的到来让石萍感到吃惊，办公室里的气氛仿佛一下子变得紧张起来，那亮亮的日光灯，也像校长那双色眯眯的眼睛，看得她有些害怕。她不知道校长怎么关心起这事来，以前每天下午放学他都走得很早，因为校长的家在镇上，他放学后就打摩托车回去，今天放学他怎么还没走，而且还来到她的办公室，这么关心她的考试成绩？她叹息了一声说："看到了，考得不好，没希望了。"

校长听石萍这么一说，也深深地叹息一声，仿佛他也在为她没考好而感到可惜，他说："是呀，你也很优秀的，怎么就考得不好呢？"

石萍说："这次全县报名考试的有好几百人，只招几个，百里挑一肯定难考了，当然只要努力了就行。"

校长说："我给你打听了成绩，这次只招 4 名，你却排名在 20 名，肯定没希望。不过，全县几百人考，你都进了前 20 名，不错，我也知道你努了力的。"

石萍有些失望，她说："谢谢校长关心，不管考上没有，我都会认真教好书的。"

校长看了看石萍，笑了说："石萍，你别灰心，虽然你考得不好，但还有别的机会可以让你转正。"

石萍听后，抬头看着校长，高兴地问道："真的呀？"

校长不慌不忙地说："是的，我上次去县教委办事，听说还要特招两名边远村小的教师，我看你很符合这条件。"

能考上正式教师，是石萍做梦都在想的事情，因为正式教师与代课教师相比，不光是在别人眼中要高人一等，就是在待遇上也相差很大。还有，她最爱教师这工作，如果转成了正式的，她就可以不为其他的事分心，好全心全意投入到教学工作中，去实现她的人生价值。她高兴地说："那就请校长帮忙，帮我争到这个名额嘛，我会感谢校长的。"

校长似乎看出了石萍的心思，成为正式教师不知是多少代课教师的梦想，石萍难道不动心？在名利面前，天底下恐怕没有几个人敢说不。校长说：

"我在县教委有一些关系，只要我去活动活动，我想是没问题的。"

石萍高兴地看了看校长说："是的，校长，你一定要帮我这个忙哟。"

校长看了看石萍，说："那好，石萍，你来我办公室填个表。"

石萍跟着校长去了他的办公室，因为学校条件差，说是校长办公室，实际上也是他的寝室，里面是他平时休息的床，中间只是用棚布简单的隔开，外面就是他的办公室。平时教师给校长汇报工作，也是去到他的办公室，有时校长找他们谈话，也是去他的办公室，他这办公室也是石萍经常去的地方。

石萍进去后，校长将一张表格拿来出来，放在他的办公桌上，又递上一支笔给她，说："你就坐着填吧，填好后我好上报教委。当然，仅靠这张表肯定是不行的。"

石萍坐下认真地填写着，校长以看她填表为由走了过去，就对石萍动手，说："如果我出面，这事肯定会办成，只是看你怎么做？"

校长说这话时，石萍愣住了，她大概听出了校长话里的意思，她笑了说："到时我请校长喝酒嘛。"

校长说："光喝酒么？石萍，你也太小气了，你难道一点也看不出我的心思？"

其实，石萍也不傻，她一听校长那说话的声音，就知道他在想啥，只是不好把话说明，更不想失去这样一个好机会。她仍装着不懂，把话岔开，她说："你是校长，你能帮我，我会永远记住你的，而且会一辈子感激你。"

校长已把石萍抱在怀里，手已抚摸到她的胸部，这来得突然，她本能地用力挣脱，说："校长，你不能这样。"

校长说："我想你知道，任何地方任何行业都有潜规则，要想得到首先就得付出，明白吗？"

石萍这时也很难做出决定，转成正式教师的名额实在太诱人了，她轻轻推了几下没推开，她就没再推，她仍说："校长，你不能这样，因为你是校长，要是这事被别人知道了，你这校长还能当下去吗？"

校长说："知道了我也不怕，我教委有人，我看哪个还敢对我怎样？"

石萍似乎还在犹豫时，校长得寸进尺，他抚摸着她亲着她，他的手已慢慢地滑向她的下面，还试图将她往里面的床上抱。石萍猛地一下站起身，使劲地推开他，大声说："我再说一次，请你放开我，不然我就喊人了。"

校长不甘心地放开了她，生气地说："那你这个忙我就帮不了。"

石萍看了校长一眼，也十分气愤地说："要想我拿身体去换，我宁肯不要这个名额。"

说罢，石萍跑了出去。校长一把拿起那张表撕碎，说："到时你可别后悔哟！"

3

不久，田庆考为正式教师了，很快就调到条件好的镇小学了。临走那晚，学校为他饯行，全校教师就在学校食堂聚会。大家端起酒碰杯后，田庆说："感谢大家平时对我的帮助，我现在终于成了正式教师，而且也调出这个村小，真的很高兴，真诚地感谢大家！"

校长说："田庆，我一直看好你，知道你早晚会有出息的。现在你不但成了正式教师，而且还调到条件这么好的镇小学了，你好好干，今后肯定前途无量。"

田庆高兴地站起来，端起酒敬校长一杯，说："校长，我敬你一杯，感谢你平时对我的关照。"

校长也得意地说："田庆，说真的，这几年我真没少关照你。你以后发展好了，可别忘了我们哟！"

校长说到这，看了坐在对面的石萍，他这一眼看得她不敢再看他，她感觉这目光像刺一样，深深刺痛了她的自尊，更让她非常失落。她站起来，端起酒杯，说："田庆，我敬你一杯，真诚地祝贺你成了正式教师，也调到了这么好的学校。"

田庆说："石萍，别灰心，这次没考上，下次再考嘛！我相信总有一天，你也会成为正式教师的。"

石萍与田庆碰杯后，一口将酒喝了。吃完饭后，石萍喝得有些醉了，田庆提出送石萍回家，石萍没有拒绝。

他们并排走在乡间小路上。夜轻轻的，慢慢地垂下黑色的幕布，乡村已完全笼罩于沉沉的夜幕之中。一轮明月倾泻着柔和如水的月光，光芒穿透树木花草的脊梁，给它们留下稀疏斑驳的倩影。偶有风吹过，影子东摇西摆，窸窸窣窣，那树，那草，在这样的月色里与月光情景交融，相得益彰。

石萍走起路摇摇晃晃的，田庆扶着她走，不知是她喝了酒，还是有心事，显得很失落，她时而哭时而笑……

田庆却不厌其烦地哄着她，并说笑话给她听，渐渐地石萍情绪稳定了，她就不让他扶了，他们并排走着。

石萍说："田庆，你终于考上了，祝贺你。"

田庆说："石萍，听校长说，有两名特招名额，听说是专门解决边远村小代课教师，你怎么没去争取？"

石萍听后，没回答。一会儿，也许是她喝了酒，又差点摔倒，田庆一把拉住她，在她站起来后，他却把她拉入怀中，他就顺势紧紧地搂着她，说："石萍，我喜欢你。"

石萍好像一下子清醒了，她努力挣开他，说："田庆，你走吧，我到家了，再见！"

说罢，石萍转身就往家里跑。

第十章

I

顾大川没事干了，除了干点地里的农活外，整天无所事事，几乎都在家喝酒睡觉，把自己弄得不像一个人似的，父亲不知多少次劝他、骂他，都无济于事；石萍也想了很多办法，让他振作起来，他嘴上答应，却始终没能走出心灵的阴影。

有时顾大川也坐在院前，看着从院外那条路上走过的人，看着他们一个个健康快乐，他多想也像他们那样，如果不被别人视为瘸子多好呀！尤其是那些在外打工回来穿得漂亮的女孩，看得他心动，更看得他自卑。

他又开始胡思乱想，甚至他觉得这样下去他会疯掉，没人知道他心中的苦，他多想一个理解他的人懂得他，轻轻向他走来，就像他小时候，时不时有关心他的大人用手轻柔地在他的额头上来回抚摸，还轻声地说："这孩子真可爱。"

不知有多少天不见阳光的微笑了，也不知有多少回感受不到春风柔和的拥抱，阴沉的天空掩盖了一切明亮的东西。心情如此的郁闷和惆怅，浑身是那样的苍白无力，小时候那个充满活力和自信的他，如今不知迷失在何方？

好多天了，顾大川几乎不是睡觉就是坐在这里，仿佛这样让他更累，他弄得一身疲惫，一脸的无奈。他自言自语地说："我上辈子做了什么，上天要这样惩罚我？"

顾大川伸手摸了摸头发，发现头发乱得像个鸡窝，也该理理发了。于是他走去村口的理发店，理发店就在村子最外边，没有任何招牌，店内十分简陋，两把可转动的木质座椅"吱嘎吱嘎"响，一个洗头槽，一块香皂，剃头刀是手动的，要经常卸下来磨，否则会"咬发"，剃须刀也常需在窗边挂着的"铅发丝"布上刮擦，权作磨刀。

理发店是王三爷开的，这个理发店他很熟，从小他就在那店里理发。这店虽然简陋，但是很有人气，要理发的就来理发，不理发的也偶尔进来坐坐，聊聊天。

顾大川来到理发店时里面正好没人，正在闲着等客的王三爷，好像这时心情也特别好，他一见顾大川来了，十分热情地招呼道："大川，你来理发呀？"

顾大川往椅子上一坐，说："是的，我好久没理发了，请你帮我剪一下。"

王三爷看了看他，说："你这头发是该理一下了。"

顾大川说："是的，只是最近忙。"

王三爷说："顾大川，你最近在忙什么呢？连理发都没时间，年轻人，头发要理勤点才显得有精神。俗话说，人是桩桩，全靠衣装。你别小看了这理发，即使你衣服穿得再好，头发不理，也显不出精神来。"

顾大川笑了，他知道王三爷喜欢说笑话，不管谁去理发，他如果不忙，都喜欢聊一阵，便说："王三爷，你哪有这么多大理论，真是卖瓜的说瓜甜。别聊了，快帮我理发。"

王三爷听他在催，笑了说："好，我去打水。"

顾大川知道王三爷也是个瘸子，可就是一直没认真看他走路，这时王三爷从他身边走过去打水，他才认真看了他走路，也跟他一样一拐一拐的。他感到奇怪，王三爷腿有残疾，从说话做事都看不出他有什么不开心，整天过得高高兴兴的，不知道他为什么过得这样快乐？

顾大川起身，拿过他的水盆，说："王三爷，我去给你打水。"

王三爷回头看了看他，仿佛就是这么一个小细节，让王三爷对他有了好感，他说："大川，你腿也不方面嘛。"

顾大川边走边说："我腿没事，再说我还年轻，肯定比你走得快。"

在顾大川端着热水出来时，王三爷十分高兴，他认真看了看顾大川，觉得他是一个不错的小伙，只可惜腿有残疾，要不然他肯定会有出息的。他说："大川，你现在没看管鱼塘了，在家干什么呢？"

顾大川叹息一声，说："其实，王三爷，我不瞒你，我以前在看管鱼塘时真的很忙，我干得好好的，村长又不要我干了。我现在家没事了，整天喝酒睡觉。"

王三爷听后，也用同情的口气说："大川，我年轻时跟你一样，因腿有残疾，别人总是瞧不起我，我也为此失落过，痛哭过，可慢慢的我才发现，我也不比他们腿好的人差到哪里，就决心学手艺，现在我干着这理发的手艺，整天过得多快乐！"

顾大川听后心里也多少受到了启发，他也想学个手艺，他说："其实，我也想学个手艺，只是没找到合适的。"

王三爷说："大川，你也跟我一样腿不好，学个手艺一辈子才不愁吃穿。像我，虽然腿不好，但我会理发，不但娶了老婆，还把儿女养大了，现在他们都去广东打工了，我这手艺可能要失传了。"

顾大川明白了王三爷的意思，是想叫他学理发，他没有马上回答，而是笑了笑。

2

顾大川想来想去，觉得王三爷说得没错，虽然他是个残疾人，但要身残志不残，学个手艺才是真。一个月过去了，他又以理发为由，去到王三爷的理发店，说："王三爷，请你帮我理个发。"

王三爷笑了，似乎也明白了他的来意，他十分客气地说："坐吧。"

他认真地打量着王三爷。说真的，这么多年他每次来理发也从没认真注意过他，王三爷尖脸，细眼，一半多头发白了，面容苍老，一笑眼眯成一条缝。王三爷麻利地将一块灰色旧布披在顾大川胸前，用一只满是污垢的茶杯从一口旧缸里舀几杯冷水到脸盆里，再倒上些热水，开始帮他理起发来。

王三爷问："哎，大川，你想要什么发型？"

顾大川笑了，说："理什么发型，由你王三爷定。我也不是一次两次在你这儿理发了，每次都是你说了算。"

王三爷嘿嘿一笑，说："凡来我这儿理发的都这么说，这是对我王三爷的信任。你也一样，从小就在我这理，一直理到大的，你适合哪种发型，我不用想就知道。好，我给你剪平头，这发型最适合你。"

理好发后，顾大川在镜子前一照，真像王三爷说的那样，整个人看起来精神了很多，他说："王三爷，我跟你学理发，怎样？"

王三爷笑了，好像他就等他这句话，说："行，我看你为人正直，干活也认真，肯定能学会的。"

顾大川觉得王三爷说的没错，学个手艺才是真，像他这样腿有残疾的人，还图个啥，只要能维持生计就行了。从此，顾大川就跟王三爷学理发了，他每天很早去到店里把炉子升起，等他忙完后，王三爷似乎才起床。开始顾大川以为理发手艺很简单，他学了十余天后，才发觉不是那么回事。有一天，王三爷突然喊着他说："大川，我真不想教你了。"

顾大川感到突然，他对师傅也好，而且也在认真地学，师傅怎么突然说出这样的话呢？他说："师傅，是我笨学不会吗，还是我学得不用心？"

王三爷说："你根本没用心学，手拿剪子的动作，我教了你很多次，你还没拿好。"

顾大川赶忙按师傅教的动作重新拿好。晚上，顾大川回到家里，老是想到师傅生气时说的话，更是认真地想了这些天师傅教的技巧，他下决心一定要记住，别再让师傅生气了。这一夜，他怎么也睡不着，不但想着师傅教的，还想着师傅给人剪头的一些动作，想从中悟出些什么。

之后，顾大川学得更认真了，师傅叫他看怎么理，他就认真地看着，师傅边理边给他讲解要领，他也认真听着。到中午了，师傅又让他亲手理了一个，还好这次基本能达到师傅的要求，师傅稍作些休整，成功了。

一个星期后，师傅可以放心地让顾大川单独理发了。有时给他理的稍作了修整，有的干脆没有修整。理发的人一般上午比较少，人少时师傅就让他理，师傅站在旁边指点，不管师傅怎么说，他都不生气不发火，而是认真听着，这让师傅对他非常满意，更加认真教他了。四个月过去了，顾大川终于学会了理发，也基本能独立操作了。师傅说："大川，我看你手艺也学得差不多了，你不能光在我这儿学，你去买一些工具，自己出去试试，手艺要做才能学到手的。"

其实，顾大川早就想过这样做，只是怕师傅多心，认为是在抢他的生意，就没有说出来，如今他听师傅这么一说，也明白了师傅的意思，他说："师傅，我如果出去理发，那不抢了你的生意吗？"

师傅笑了说："大川，我明白你的意思。像我这把年纪了，对钱不看重了，只要能把我这手艺传下去就行。你大胆地干吧，我在店里，你去走村串户，慢慢的你的手艺就会做起来的。"

顾大川认为跟师傅学了四个月了，理发的手艺也学到了，也想出去试试，俗话说把戏要过得了手才算，理发这手艺聪明人一点就通，何况他还正儿八经拜了师的，他也看得出师傅是在一心一意教他，所以他才学得这么快。

顾大川十分高兴地买了围布、剪子、梳子之类的，因为他是走村串户，用不着镜片，除了镜片他基本买齐了，他试着去村里干起他这理发手艺了。

第一次出去时，顾大川不好意思叫，尤其是碰到熟人时，他更不好意思说他是在干理发的手艺。他不吆喝，谁也不知道他是理发匠，也没人找他理发，走了好一阵，他才开始轻声地吆喝起来："理发哟，有没有人理发哟！"

翻过山就是另外一个村了，顾大川就开始大声地吆喝起来："理发哟，有没有人理发哟！"一位正在地里干活的男子，问道："理发呀，多少钱一个？"

顾大川说："5元，你理发么？"

那人走过来说："理一个嘛，给我剃个光头，干活时更凉爽，也好洗。"

顾大川放下随身带的小凳子让他坐下，给他围上围布，十分认真地给他理发，也许他紧张或者是手不熟，剃个光头师傅三两下就能完成，可顾大川却剃了好大半天。

剃完后，那人问道："你是才学的吧？"

顾大川吃惊地问："你怎么看得出？"

"我平时去剃头，一般只要10分钟就能剃完，你今天却给我剃了好大半天，你不是才学的能这么慢吗？"

顾大川笑了说："是的，你是我今天学理发后第一个找我剃头的人，这钱就不收了，算是让我开了个张，试了试我的手艺。"

男子笑了说："那好吧，那我今天运气好，剃头没要钱。你也运气好，碰到我，终于开张了！"

顾大川十分高兴，哪怕没收他钱，也算他这手艺开张了，仿佛剃了这个头后，认为他就能理发了，他的手艺学到了，更增加了他的信心。随后，他就大声地吆喝起来："理发哟，有没有人理发哟！"

3

每天，顾大川提着一个褐色的四方形小木箱，箱子里面装有刀、剪、荡刀布等剃头工具，一个村一个村地转着，晴天一顶草帽，雨天一把雨伞。人们看到他进了哪个村子哪个屋，便是哪个村子哪个屋的男人剃头之时。

顾大川走村进户剃头，没有理发店讲究。一进屋，主人就搬出椅子指定剃头的位置，或厅堂或天井边。他像主人一样就近抬条长凳，把工具箱一搁，转身往墙上钉一枚铁钉，挂上油光可鉴的荡刀布，然后叫主人端个脸盆、烧一壶水，便忙开了。他没有准备毛巾，各人自备。剃头、刨面毛、刮胡须……每个环节不多余，不花哨，省时省力，但一定干净，让人面目焕然一新。有些主人特意给他泡茶、递烟，剃完头后，他也陪人家聊上一会。如此一来，剃一个头也用不了多大功夫，可聊天的时间多，但他觉得这样也很好，多剃一个头或少剃一个头不重要，重要的是他有了人缘。

他理发都是用手推剪，"咔嚓咔嚓"，手推剪发出清脆而有节奏的声音，好像时钟滴答声，让人清晰地知晓推剪游走在那里。理发前，顾大川都会问："你要剃什么发型，有'剪洋头''剪三号''剪光蛋''剃和尚头'。"

也许是大家都知道他是个剃头匠了，无须吆喝，看见他的身影，有需要剃头的自然就会围拢过来。理发讲究的就是一个剃字，凭的是一把刀的功夫。乡下理发式样简单，图个省事清爽，下地干农活，头发长胡子长不自在。大多数人会剃个光头或者平头，光头用剃刀剃，平头用手推剪推。

阳光暖暖地照着，要理发的人坐在长方凳上，围上干净的白布巾，顾大川把锋利的剃刀在一块皮荡刀片上荡数下。剃刀刮过头皮，将一段日子积蓄的头发剃落到泥土，剃头人顿觉脑门上轻松不少。而顾大川的那份认真，就如农民精心耕作那一亩三分地一般。等头发剃完，舀水冲洗头后就给顾客修面。他先用热毛巾敷在顾客脸上，然后用一把软毛刷把肥皂泡沫涂在胡须上，手腕起，刀锋划过，轻轻柔柔地就将一脸的胡须给剃干净利索了。

光这些还显不出他的本事来，他给要理发的人修完面后，把剃刀的刀背横放着在顾客的后颈由上至下轻轻地一拖，紧接着刀口也在后颈由上至下弹跳。此谓"弹刀"，靠的是手指力度的到位拿捏。如此这般反复几次，此时的顾客只需闭上眼彻底放松，享受剃刀带来的那种酥麻快感。这还不算完，接下来他的刀背会在顾客眉心处轻盈地来回刮动，直至眉心处有一小块红色印记，要理发的人在这松弛有度的感觉里舒展开岁月凝结成的辙痕，消除一身的疲劳，顿觉神清气爽，鼻通开窍，很是受用。

做完这一套，顾大川在别人的叫好声中收刀，接过 5 元钱和一支别人恭敬递过来的烟，点燃后慢悠悠吸着，聊会家长里短或者农事。等着剃头的农民并不着急催，赶上吃饭时间，还会拉着他去自家喝上一杯，这样的日子也过得有滋有味。

由于顾大川理发认真，不管再忙，只要有人来理发，他就放下手中的活儿给别人理发。有时，不管去到哪儿，不管别人有钱没钱，他都给别人理发，有些老人行走不便，他不但给人家理发，还去帮着提点水，搬点老人搬不动的东西，这让他在大家心目中很有口碑。

由此，顾大川理发的生意很好，这让王三爷的理发店生意少了许多，王三爷不但没有生气，反而还为他有这么一个能干的徒弟而高兴。他逢人便说："我这个徒弟呀，是我认真教了的，不像以前教的徒弟，学很久都学不成，也三心二意的，干了几天又改行了。只有顾大川，才是我最得意的徒弟，我这门手艺就指望他能传下去了。"

也有人取笑他说："王三爷，你这手艺真那么神，你的绝招传给他了吗？"

王三爷更得意了，说："至于绝招嘛，我还得等等再传。"

"既然顾大川是你最得意的徒弟，那你为什么不将所有的都传给他呢？"

王三爷他笑笑说："俗话说，徒弟学到手，师傅去讨口。"

众人笑了，说："你呀，好一个王三爷，人家城里现在有美容美发店，那些才是现代技术了，你还认为你这理发手艺能传下去？"

王三爷很自信地说："我这手艺才是正儿八经的，那些算啥玩意哟，也算得上手艺？黑头发弄成黄头发，妖里妖气的，世上哪有这种手艺？简直是胡搞，是在骗人家的钱。"

4

顾大川也没忘记师傅，他隔三岔五买点好酒好烟送给师傅，对师傅也算孝顺，这不但让王三爷高兴，更让前去理发的人觉得他这个徒弟没白教。那天，顾大川在村里转了大半天，有人要理发的他就帮别人理发，没有理发的他就陪人聊聊天，或者抽支烟，这大半天里他只剪了几个头，收入才几十元。回家时他从村长家路过，却被村长叫住："顾大川，快进来。"

顾大川不知是因为看鱼塘的事，还是因欧和经常找他麻烦，每次路过村长家时，他都要偷偷地骂上几句，仿佛村长那房子都与他有仇一样，他装着没听见，大步往前走。

村长又大声地喊道："顾大川，我在叫你呢，你听到没有，快进来。"

顾大川站住了，但没有回头，他问道："你叫我有啥事，说吧？"

村长说："顾大川，这就是你的不对了，我叫了你半天，你却不回答，难道我没事还叫你吗，我是叫你进来，我要理发。"

顾大川说："你村长大人的头，我哪敢给你理呀。你还是去我师傅那儿理吧，他手艺好，才符合你村长的身份。"

村长生气了，说："顾大川，你是不是因为看鱼塘的事还在恨我？我不知怎么说你，你不看鱼塘了，现在不是一样过得好好的吗？"

顾大川说："我哪有时间听你说这些，我还有事，得走了。"

村长说："我今天偏要你给我理，你是干这个的，不说我是村长你不给我这个面子，就算我是一般人，你也得给我理吧。"

顾大川听村长这么一说，也觉得村长说的话有道理，他是干这手艺的，人家找他理发，是瞧得起他，他走了进去说："村长，不是我不给你理发，是怕我理不好，让别人笑话。你村长是什么人，是有头有面的人，对吧？"

村长笑了，说："顾大川，别废话了，理发吧。"

顾大川给村长围上围布，拿出剪子就开始剪，他问道："哎，我忘了问你了，村长，你要理个啥发型呀？"

村长说："你理都理了，还问我，你这不是在糊弄我吗？你随便弄，我看你到底能给我弄个啥样？"

顾大川说："好，那我就弄了。村长，你别动，抬头、坐直。"

没几下工夫就剃好了，村长打来热水，顾大川给他洗了头，又给他剃了胡子，剪好后，村长拿出镜子一照，笑了说："嘿，顾大川，我还看不出，你的手艺学得不错，你给我剪的大平头，比你师傅弄得还好。哎，真的不错，让我看起来精神多了。"

顾大川说："村长，你别乱说，我哪有师傅剪得好，他毕竟是我师傅，手艺肯比我好。"

村长笑了，说："我还看不出你小子，还很有孝心的嘛，让我佩服。"

村长将钱拿给顾大川，顾大川说什么也不收，他说："你是村长嘛，我还能收你的钱？下次如果你再叫我给你理发，我就要收钱了哟。"

村长笑了说："好，爽快，今天我就不给了。"

随后，顾大川去路边一个商店买了两包好烟和一瓶好酒，去到师傅的理发店，正好师傅才打扫好，他说："大川，你来了？"

顾大川说："师傅，我今天在村里转了半天，才剪几个头。你呢，今天生意好不，剪了几个？"

师傅说："自从你天天去村里转后，来这儿理发的人少了很多。不过，我还是高兴，证明你的手艺学到手了，也让我放心了。"

顾大川听师傅这样说，心里有些过意不去，他说："师傅，那以后我去外村剪了，本村的还是让他们来你这儿剪，因为你年龄大了，不能走村串户，我人年轻，走远点也行的。"

师傅说："没事的，大川，师傅都这个年龄了，钱不是很重要了，只要我这门手艺能传下去，我就知足了。"

顾大川将烟和酒递给师傅，师傅接过烟和酒，把酒放在桌上，拿起一包烟撕开，自己点一支，又递一支给顾大川，说："大川，你下次来看我，别买东西来了，次次都买，你哪有这么多钱呢？你腿不好，挣钱也不容易嘛！"

顾大川笑了说："师傅，买点东西是应该的，一日为师终身为父嘛。"

师傅随后就去做饭，顾大川帮着弄菜，饭菜弄好后，师徒俩倒上酒喝起来。顾大川说："师傅，我敬您一杯！"

师傅端起酒说："大川，我俩还说什么敬呀！来，喝！"

几杯酒一下肚，师傅的话就多起来，他说："大川呀，虽然理发这手艺你也学得差不多了，也能自己干了，为师的真的很高兴，我当了一辈子剃头匠，现在老了，能有你来将这门手艺继承下去，算是了了我一桩心愿，但还有一些绝活师傅没教你。"

顾大川不相信地问："师傅，理发还有绝活呀？"

师傅喝了一小口酒，显得有些高深莫测的样子，说："给小孩理发，你理过么？"

顾大川说："没有，就是有人抱来小孩，我也怕理，因为小孩小，皮肤嫩，万一碰伤了麻烦。"

师傅说："你不用怕，师傅教你一招。给小孩理发只要你注意到以下三点就行了：一是理发时动作要轻柔，不可和孩子较劲，要顺着孩子。二是随时注意孩子的表情，如果孩子不高兴、想要哭闹，就要立刻停下来，这样做是为了防止孩子哭闹时碰伤孩子。三是整个理发过程要不断与孩子进行交流，鼓励孩子，分散孩子的注意力，以达到和孩子相互配合的目的。"

顾大川听后，笑了说："师傅，我原以为理发就是给别人剪头这么简单，没想到还有这么多讲究呢！"

师傅说："还有，给死人剃头，你剃过么？"

顾大川听后，睁大眼睛说："偶尔有人叫我给死人剃头，我害怕，所以一直没敢剃死人头。"

师傅又喝了一口酒，不紧不慢地说："大川，给死人剃头更有讲究，往后师傅亲自带你去，师傅这手艺就全教给你了。"

几天过后，外村就有人来请王三爷去剃死人头，他把顾大川叫上，顾大川说："师傅，剃死人头，是不是有点害怕？"

师傅说："不害怕，剃死人头也跟剃活人头一样。有师傅教教你，你就不怕了。"

第十一章

1

那天下午，校长叫石萍和他一起去县教委办事。

石萍不明白，校长怎么突然叫她一起去办事，是什么事非要她去呢？以前领导来学校检查工作，从没叫她去作陪，有时学校组织教师去外面学习，校长也从没叫她一起去，她不生气不失落，因为她知道自己只是一个代课教师。别说她是代课教师，就是正式教师，一般情况下校长也不可能叫她一起去出差的。这次校长为什么叫她一起去，她怎么想也想不明白，但校长安排了，不去不行。

石萍怯生生地问道："校长，去教委办什么事呀，还要我一起去？"

校长看了一下石萍，显得有点神神秘秘的，他说："去了你就知道了。"

石萍看着校长那有些神秘的表情，她想也许要办的事校长不方便说，这也理解的，校长不告诉她也是有他的道理的，不该知道她还是不知道为好。她说："可是，我下午还有课，我走了学生怎么办？"

校长有点不高兴地说："你的课我早就安排另一个老师上了，你准备一下，我们马上出发。"

由于这里地处偏远，去镇上只有一条乡村公路，没有客车，进出都是坐摩托车。校长打电话叫来一辆摩托车，他坐上去，叫石萍坐后面。上车后，校长说："我们先到镇上，再坐客车去县城。"

骑摩托车的人和校长很熟，他说："好。校长，你这是去县城办事吧？"

校长说："是的，这事有点急。"

一路上，摩托车在公路上颠来颠去，不管石萍怎么注意，她的身体还是时不时碰到校长的背，她感觉到校长有时也是有意往后靠，总想碰着她，她努力往后坐，还是无济于事。她在心里偷偷地骂校长，这个色鬼，一看他那样子就不是什么好人，像他这种人怎么能当上校长呢？平时校长看她的眼神，好像长着刺一样，在她身上乱刺，把她全身看得火辣辣的，但她却不敢说什么，因为他毕竟是校长。

石萍坐在后面，摩托车像有意这样似的，一会儿快一会儿慢，弄得她心里很紧张，她害怕又给校长传导了什么错误的信息，让他再对她有什么非分之想。

不一会，他们就到镇上了，校长并没有要下车的意思，他看了看路边，这时好像没有客车。校长说："客车又要等好一阵，我们还是坐你的摩托车去县城吧。"

石萍不想再坐摩托车了，因为镇上去县城的路比从村小来镇上还要远，时间还要更久，她不是怕坐摩托车不安全，而是感觉到这样不好，不管她怎么注意，她的身体还是时不时要碰到校长，碰来碰去，更怕校长对她有什么想法。她说："校长，我们还是坐客车吧，坐客车安全得多。"

校长似乎不愿意坐客车，他看了看石萍，又看了一下手表，着急地说："坐客车要等好一阵，路上又上上下下，不知要多久才到县城。我看，还是坐这摩托车，快得多。"

石萍仍坚持说："等一会就有客车的，去县城的路上车多，坐摩托车真的不安全。"

校长仍说："没事，他这摩托车我坐了无数次，都没啥事，他骑车的技术很好，放心吧，不会有事的。"

骑摩托车的人听后，高兴地说："就是，坐客车慢得很，还是坐我的摩托车快。我骑车这么多年了，校长又不是没坐过我的摩托车，我路上开慢点，你们就放心坐吧，肯定安全的。"

校长听后，说："好，我们就坐你的摩托车去县城，路上车多，骑慢点，安全第一。"

骑摩托车的人说："快上车，你们要坐紧点，不要坐到后面了，摩托车是摆的。"

校长上车后又往前坐了坐，他叫道："石萍，你也坐前点，不然，摩托车路上走起是摆的。"

石萍很不情愿地往前靠了靠，摩托车发动，向县城驶去。这通往县城的公路比起村道好多了，平而宽，尽管车来车往，但由于他开得慢，摩托车也不像村道上那样颠来颠去，但在转弯时校长的身体还是时不时碰到她的身体，有一次不知是校长有意，还是无意，他的身体真切在紧贴在她的胸脯上，她自然地叫道："呀——"

骑摩托车的人说："你别怕，没事，是我转弯转急了点。"

校长说："石萍，你胆这么小呀，坐摩托车都怕呀？"

2

镇上离县城只有 10 多公里，约半小时后就到了。到了县城后，他们去到县教委，校长叫石萍在外面等，他去了教委副主任办公室。石萍想，校长既然叫她来一起办事，怎么又叫她在外面等？早知这样，她还是不来的好。

石萍在教委办大楼外面等，这是一幢五屋大楼，不但环境优美，而且这里进进出出的人很多，看样子至少都是校长之类的。她去到里面看看，只见各个办公室里的人各忙各的，也没人跟她打招呼，更没人叫她坐。也许是来这办事的人多，习惯了，她又走了出去，仍站在外面等。她等了好一阵后，校长出来了，高兴地说："石萍，你等好一阵了吧？今天的事办得很好，说什么今晚我们得请教委领导喝几杯。"

石萍也不便过问校长办的啥事，只是说："今晚在县城吃了晚饭，我们还能回去吗？"

校长笑了说："你呀，怎么担心起这个了，真像是没出过门的小孩子一样，县城这么大，难道还没有住处？"

石萍一听是请县教委领导吃饭，也很高兴。平日里她就想如果有机会见见教委领导多好，既联络了感情，也让教委领导对她有点印象，以后考试或转正时，不说对她有什么特殊关照，至少也能对她有点印象。没想到，这个机会说来就来，不但能见见，还能敬教委领导几杯酒，她当然是求之不得。

石萍也担心起来，她作为一个代课教师，陪县教委领导吃饭合适吗？那教委领导不管走到哪里，都是校长、主任陪。她说："校长，我去陪教委领导吃饭，合适吗？"

校长说："哪有不合适呢，我说石萍，我今天叫你来，就是让你借这个机会认识一下教委领导，对你以后发展有好处的。你放心去好了，有我在，你还怕啥，教委领导也是人。"

由于时间还早，他们就慢慢地步行到新足大酒店，校长定好餐后，他们就坐在外面等，校长说："石萍，你还没在这么好的餐馆吃过饭吧？"

石萍说："是的，就是县城我都来得少，哪有机会来这么好的餐馆吃饭呢？"

校长笑了，那笑里藏着什么，又像是在给石萍传递着什么信号，他说："你好好干，以后我来县城办事就叫你来，也让你开开眼界，外面的世界精彩得很。"

石萍问道："校长，在这儿吃饭贵吗？"

校长听后，笑了，说："你说呢，这么高档的餐馆，一般的人能吃得起？"

他们坐了好一阵，教委领导还没到，石萍问道："校长，教委领导怎么还没到？"

校长笑了说："人家教委领导事多，不到6点，他们是到不了的，你以为像我们学校，早走晚走都行吗？教委是啥单位，是正规的行政单位。你以为人家愿意来吃这么一顿饭吗？现在呀，人家出来吃饭是要看人的，人对了才出来的，明白吗？"

他们又等了好一会儿，到6点半了，教委刘副主任等五人终于来了，校长请他们进了一个包间，他们坐下后，校长叫服务员上菜。一会儿菜就上好了，校长给他们倒好酒，说："来，我来介绍一下，这位是县教委分管教学的刘副主任，这位县教委办公室陈主任，这位是县教委督导室杨主任，这位是县教委目标考核组李组长……他们都是县教委的领导哟。"

然后，校长又指着石萍说："这位就是我们学校的教师石萍，教书不但认真，而且又教得好，是一个很有发展前途的年轻人。我说石萍，今晚这么多教委领导，他们平时对我们学校的工作十分关心和支持，你得多敬他们几杯哟！"

刘副主任笑着说："哟，听校长介绍，石老师真是年轻有为。"

石萍笑了说："谢谢刘主任夸奖，我只是一个代课教师，不过我会努力将工作干好的。"

大家听她这么一说，都没出声，不知是因为她的身份让他们瞧不起，还是大家觉得她这时说这话，有点不合乎这种场合的氛围。校长笑着说："石萍，你人年轻，书又教得好，将来肯定前途无量。"

聪明的石萍马上端起酒说："感谢县教委领导对我们学校的支持，我先敬各位领导一杯。"

大家端起酒，碰杯后就一饮而尽。随后，校长也主动敬酒，与各位领导一对一地碰杯，使得喝酒的气氛越来越浓。尤其是刘副主任，他虽然酒量不大，可他平时就爱喝几杯，难得今晚这么高兴，似乎真有酒逢知己的感觉，他越喝还越来劲了。大家轮换敬他酒他还不过瘾，大家只好继续陪他喝。喝了好一阵后，刘副主任喝得脸上红霞飞，终于喝得差不多了，他站起身说："今晚这酒真的喝舒服了，你们看还喝不？"

大家摇头说："不能喝了。"

刘副主任说："不能喝了就散吧，大家早点回去休息。"

3

随后，校长和石萍打车去到一家宾馆，宾馆里环境很好，看来也是一家十分高档的宾馆。园区内古木参天，车道花径缭绕其间，干净整洁。前来入住的人有情侣，有前来游玩的游客。他们开好房后各自进入房间睡觉了。正当石萍洗漱完，准备休息时，有人敲门，她开门一看，是校长，她问道："校长，还有事？"

校长喝得醉醺醺的，他径直走进她的房里，又随手关上门，然后在她床上坐着说："石萍，我想给你说个事。"

石萍早就知道校长对她有想法，她都时时防着的，没想到今晚他却找到机会了。在这种情况下，石萍不知怎么办，更不知怎么才能打发他出去，她离他远远地坐着，问道："校长，啥事？"

校长看了看石萍笑了，那笑中隐藏着激情和欲望，可他却在尽力掩饰他的目光，他说："现在县师范又有一批毕业生快分出来了。"

石萍睁大眼睛，问道："分出来了又怎样？"

校长说："还能怎样，要解聘一些代课教师。"

石萍明白了，她有些失望。但她意识到校长说这话的意思，她却装着不明白，她问道："校长，名单定了么？我呢，会被解聘么？"

校长听她这么一问，知道她很在乎这个代课教师，心想只要她有需求，他就能达到目的。这真是千载难逢的机会，要不是他以来县城办事为由，石萍能跟他来县城吗？在这特殊的环境里，又有了这么一个理由，接下来将要发生的也合情合理。他走过去抱住石萍，说："这个，我会努力给你想办法的，今天你也看到了，我和教委的领导这么熟，而且也当了这么多年的校长，只要我出面，这事肯定给你办好。"

石萍知道校长的心思，一时也拿不定主意，她正在犹豫中，校长就抱着她亲，并且用手抚摸着她。校长说："石萍，这就看你怎么做了。"

石萍没出声也没挣扎，任凭他的手在她身上乱摸，校长这下就更大胆了，他将她往床上抱，把她抱上床后，他就用手去脱她的衣服，石萍好像如梦初醒一样，她努力挣扎起来，校长哪里肯罢休，他仍使劲地亲她、抚摸她，正当他要将身子压上去时，石萍给了他重重的一耳光，似乎把他打醒了，他放开了她。他知道她的个性很刚烈，如果再纠缠下去，说不定会闹出个啥事来。他很不情愿地转身就走了出去，说："你这样做，别后悔哟！"

石萍关好门后，穿好衣服，倒在床上，伤心地哭了起来。

不久，由于有一批县师范学校毕业生分配出来了，要解聘一些代课教师。石萍被解聘了，她含着泪水离开了她教了两年书的学校。

第十二章

|

石萍离开学校后心里很失落，好几个月她都不敢出门，怕别人笑话。

教书是石萍最爱的工作，在学校代课的日子，虽然有压力，也有热情，同事间的亲切，学生那张张求知的笑脸，像电影画面一样，总在她的眼前晃动着，让她觉得那段时光好温馨，也让她对未来充满着梦想。转眼间，一切都没有了，她又回到了生活的原点，真的很失落。

还有一个主要原因，她不敢告诉任何人，只在心中觉得难受。校长为什么要这样，这对她似乎不公平。她如果答应了他，说不定现在她还在学校，还站在讲台上给学生上课，以后凭校长的关系，说不定还能转正，但她就是不愿那样做，因为她有她的尊严。

失落归失落，高兴与不高兴的事终将会过去。石萍努力调整自己的心情，让自己尽快从失落中走出来，可说来容易，做起来却难。父亲看到她这样子，仿佛比她更难过，说："石萍，你不教书了，难道还没饭吃？我和你妈没教过书，一辈子都在地里干活，还不是活得好好的。你呀，凡事想开点，能教书当然好，不能教书了干点别的，不一样的过日子？"

母亲也说："是呀，你有手有脚的，还怕没事干？像顾大川，一个残疾人，人家不干这样又干那样，不是过得好好的吗……"

父亲听母亲提到顾大川，他赶忙打断她的话，说："你说话也不想想，劝人都不会劝，她哪里需要去跟一个残疾人比呢？"

慢慢地，她也走出去帮父母干农活了。但她还是特别怀念教书的日子，有时在地里干活时，她自然地抬头向学校的方向看去，她想象得出，学生们这时正在干什么，仿佛那朗朗的读书声还响在耳畔……

有一天，石萍趁去镇上赶集的时间，去到镇小学看看田庆。这时，学校正在上课，她去到校门口问道："请问，你们学校那位刚调来的老师，叫田庆，在不在？"

门卫看了看她说："你找他有什么事？"

她说："没事，我只是来看看他。"

门卫听她这一说，好像明白了什么，说："你在这儿坐坐，等会，学校正在上课，等下课了我再去叫他。"

石萍没有坐在门卫室，而是在学校外面转了转。这镇小学就在热闹的小镇后面，高高耸立的教学楼和宽敞的操场，比起她那村小学环境优美多了，给人耳目一新的感觉。她多羡慕田庆，不但考上了正式教师，而且还进了这么好的学校，在羡慕他的同时，她那早已静下来的心情又无法平静了。

下课了，门卫去把田庆叫了出来。一看是石萍来找他，非常吃惊，他问道："石萍，你怎么来了？"

石萍高兴地说："今天我赶集，顺便来看看你。"

田庆也十分高兴，他说："石萍，你能来看我，我真的好高兴。没想到，我离开村小已经半年了，时间过得真快。"

石萍说："能考上正式教师真好，没压力，放心教书，而且还能进入这么好的学校，我真羡慕你！"

田庆说："石萍，你也很优秀的，教书你也教得很好，以后你可以再考嘛。我相信，总有一天你会成功的。"

随后，田庆领着石萍去到校园里走走。镇小学是一所环境优美、设施齐全的学校。校园里，建筑群井然有序，教学楼、实验楼、图书馆、田径体育场，一座座，一排排，散布在绿树成荫的校园里。校园的西北角，是学校封闭的篮球、乒乓等球类活动场地，向西还有一个宽敞的风雨体育场，任由学生在这里摸爬滚打。在这样的环境中教书，与村小学简直是一个天上一个地下，难怪人人脸上洋溢着幸福快乐的神情。

也许石萍对学校生活很熟悉，更是对优美环境的向往，田庆带着她在校园里转了一圈，仿佛是她来到这学校教书一样，她心情十分高兴，脸上露出了久违的笑容。

田庆笑了，但他觉得这儿也不是他最后的目的地，他还想进县城的学校，那儿比起这里肯定还要好得多。他说："当然，这是镇中心小学，肯定比村小好得多。但比起县城的学校，还差得远，我的愿望是有一天，我会去到更好的学校，在那里我才能有更大的发展空间。"

石萍说："田庆，你现在是正式教师了，又来到这么好的学校教书，你还不知足呀？你是不是心太大了，我认为还是好好干为好，脚踏实地地干才是真。"

田庆说："石萍，你说的没错，只是我这个人永远不会安于现状。我想趁年轻多干点事。"

石萍低下头，说："我要是能像你一样，成为名正式教师多好。"

田庆说："哎，石萍，我听校长说，你被解聘了，对吧？"

石萍说："是的，我现在不教书了，也不知道以后干什么？"

田庆问："校长为什么解聘你，学校不是还差教师嘛。"

石萍不知怎么回答，本来她是有这个转正和留下的机会，可她实在不愿意那样做。如果她答应了校长，或许她现在也跟田庆一样转成了正式教师，至少她还能留在学校，但那样做会让她一辈子不安，更会让她瞧不起自己。她好想把这一切告诉他，可她却难以开口，最后她还是没说出来，只说："可能是我教得不好。"

田庆说："说真的，石萍，你教得很好，你最适合干那工作。哪天我找校长说说，让他还是把你要回去。"

石萍忙说："别去找，再说我已经被解聘了，他肯定不会再让我回去教书的。"

田庆似乎理解，他叹息了一声，说："也是。"

田庆看着石萍那低落的表情，他不知道怎么安慰她，也不知道是不是他说这些话时无意中伤害了她。他说："没事的，石萍，别为这事想不开，不教书了，你可以干别的，行行出状元嘛！"

这时，一位穿着时髦的年轻女教师走过来，凭着女人的敏感，她上下打量了一下石萍，就感觉到了他们之间有种不同寻常的关系。她虽然年轻，但是很有修养，不仅没生气，而且十分亲切地走过来，轻轻一笑，问道："田庆，这位是谁呀？"

田庆有些手脚无措，他看了看石萍，说："她是我以前在村小学教书时的同事，叫石萍。哦，石萍，我忘了介绍了，她叫李燕，是中师毕业才分来的，是我的女朋友。"

石萍听后不知说什么好，她只笑了笑。这让石萍没想到，才不到半年，田庆不但成了正式教师，来到这么好的学校，还找到这么漂亮的女朋友，真是不敢想象，她从心底里感叹：他真行！但她也有一种失落感，她知道田庆以前一直在追她，只是没明说，但她也不傻，她也感觉到了的，现在她一切都没有了。

田庆说："石萍，你去我办公室坐，我还有节课。李燕没课了，她陪陪你。"

石萍看了看李燕，觉得这个人很懂礼貌也大方，一点也看不出她在吃醋和生气，而是十分平和亲切地微笑着。石萍说："不了，我还有事，我先走了，你们忙吧。"

2

石萍回到家里，心情十分低落，她在床上躺了一会，可她怎么也睡不着，她起来走去了顾大川的家。顾大川不在，他父亲在家，她问道："伯父，大川在吗？"

顾大川的父亲知道石萍喜欢大川，可大川已经是个残疾人了，她仍对他这么好，从这一点看她是个有情有义的姑娘。可他也明白，她喜欢大川是一回事，但真要把她娶为儿媳肯定不可能的，他想这一点石萍不会不知道。也许他们现在都很年轻，容易感情用事，真正到了一定年龄后，也许才能明白这些事。他说："他出去理发了，你找他有事？"

石萍笑了说："没事，我是来看看他。"

顾大川的父亲叫她坐，说："他呀，腿不方便，可他整天都出去转，从这个村走到那个村，给别人理发。不过这样也好，他有一个手艺了，每天出去多少还能挣点钱，能养活自己了。"

石萍坐了一会，说："他不在，我走了，改天再来看他。"

顾大川的父亲为顾大川的腿摔断的事，对她一直有成见，但一看她对顾大川还是这么好，他心里多少也有点高兴，但也有点担心，他们这样不明不白的在一起，会不会给她和大川造成不好的影响？他说："石萍，你对大川好，我们当父母的看在眼里，可现实不是这样的。你有文化又当过教师，大川是个残疾人，我想你们是不可能的，你是不是早作另外的打算，别因为大川耽误你的终身大事……"

石萍回头看了看顾大川的父亲，她明白老人说的是心里话，也是出于对她的关心，她却不知说什么好，因为到现在她自己都不明白，她对顾大川到底是爱还是同情。她说："这个我明白，伯父你放心，我知道该怎么做的。"

石萍更加失落了，她觉得她是最倒霉的一个人，教书的工作没有了，曾经爱她的也让她心动过的人也另有所爱了，来找顾大川说说话，他也不在家……她的眼泪情不自禁地流出来了，她慢慢地往回走着，在回家的路上正好碰见顾大川，他提着理发的工具满头大汗,他看见了石萍,高兴地说："石萍，这大热天的，你去哪儿呢？"

石萍看见了顾大川，她多想扑进他的怀里好好哭一场，因为她心里有太多的苦没地方诉说，但她还是尽力控制，不想让她内心的所想被他知道，更不想因为她的苦让他担心，她说："我去你家了，想找你说说话，没想到在这儿碰到你。"

顾大川吃惊地问："你去我家，想找我说说话？哎，石萍，你有啥不开心的事吗？"

石萍想，还是顾大川理解她，从她一个眼神里就能看出她高兴或不高兴，也知道她开心不开心，这是多好的人生伴侣呀。只可惜他腿残了，他们都很难挣脱世俗的偏见，要想真的走到一起，不知有多难。她笑了说："没有，我只是想去看看你，怎么……你不欢迎？"

顾大川高兴地说："欢迎，只是我不知道你今天要来，要不然我今天就不出去了，在家等你。"

石萍说："这不正好见着你了么？哎，看你满头大汗的，去那边竹林里坐一会吧。"

他们去到那竹林里的阴凉处坐下，石萍拿出手绢给他擦汗，顾大川拿过手绢说："我自己擦吧，给别人理了发，这全身满是头发，别看这活儿轻松，实际上还是很累的。"

石萍说："大川，你腿不好，别走太远，身体要紧。"

顾大川说："没事的，石萍，我的腿丝毫没影响我什么，这么多年了，你还不知道，我这就走给你看看？"

石萍一把拉住他的手，说："大川，好好歇着，别走了，我知道。"

石萍这一拉，顾大川没站稳，一下倒在她怀里，他也真真切切地碰到她那饱满的胸脯，石萍像触电一样，脸刷地一下红了，她真想好好抱抱他，让她把所有的苦，所有累，所有的失落……都通过拥抱而释放。可顾大川哪里了解她的心思呢，他赶忙坐起，而且还移了移，坐得远远的，说："对不起，石萍，我……我不是有意的。"

石萍笑了笑说："没事，这也正常，两个相爱的人在一起，总会有点亲密的动作吧。"

顾大川听出了她说这话的意思，他也真想好好抱抱她，亲亲她……不知是他心中始终自卑，还是觉得这大白天的让人看见不好，他赶忙起身说："石萍，那边还有个人等着我去理发呢，这大热天的你也回家休息吧，我先走了。"

3

石萍家有一片承包地种了柑橘树，没几年就变成了一片小果园。

欧和凭着他村农技员的身份，没事就往石萍家的那片果园里跑。他以指导技术为由，与老石套近乎，这让她父亲对欧和的印象非常好。

欧和边帮老石给果树施肥，边说："石叔叔，你这果树长得真好，要是合理施一下肥，今年肯定会丰收的。你呀，真是有眼光，早就看到了种果树能致富一样，栽得早，你走在前面了。你看村里有些农户，一点眼光都没有，看到你这果园丰收了，才栽果树，你说他们还能赶上你吗？"

老石听后笑着说："是的，我老石是什么人，种了一辈子庄稼，还不知道土里种什么能挣钱吗？哪像有的人，目光那么短浅，只能在土里种点粮食，粮食当然要种，在能吃饱饭的同时，还得在地里种点别的，才能挣到钱。"

欧和说："是呀，难怪我爸整天都夸你，还说你给村里争了光，给全镇人民树立了致富的榜样。"

老石越听越高兴，中午他说什么也要叫欧和去他家吃饭，这也是欧和巴不得的，他跟着老石去到屋里，石萍刚好从地里干活回来，老石说："石萍她娘，快去做饭，石萍去村里的小卖部买酒，今天欧技术员帮我的果树施肥，我要和他喝两杯。"

听到老石的吩咐，石萍娘高兴地去做饭了，石萍却不高兴，她与欧和碰面时也没招呼一声，径直往屋里走去。老石知道她心里是怎么想的，她就是不想见到欧和，她也真是，人家哪点不好呢？听说村里还有好几个姑娘主动追他，他就是不同意，他能看上石萍，那是她的福分。老石又大声叫道："石萍，我叫你去村小卖部买酒，你听见了吗？"

欧和知道石萍不想见到他，但他也不便把这事说穿，这是在她家里，他要尽量绅士一点。他笑着说："石萍可能干活累了，还是我去买吧，让她好好休息。"

老石说："这怎么行呢？你喝茶，我去买。"

欧和笑了说："哪能让你老去呢？我去，我年轻跑得快。"

很快，欧和去村小卖部买了一条好烟和一瓶好酒，还买了一些礼物，提了一大包回来，他把烟递给老石，把酒放在桌上，把礼物递给石萍妈，老石拿出一包烟，递给欧和说："来，你也拿一包烟去抽。"

欧和接过烟，他们点上，边抽烟边说话。尽管石萍心里恨欧和，但她看到母亲在忙着做饭，她也走去帮着弄。母亲说："石萍，你看这欧和，还真不错，知书识理，哪点不好呢？妈是过来人，知道你心里是怎么想的，你嫁人是为了过日子，男人能干，你以后的日子好过得多。"

石萍说："妈，今天不说这个好不好？"

石萍妈说："好，今天不说这个了，你好好考虑一下嘛，看妈说的是不是这个理？"

饭菜做好后，老石和欧和喝酒，石萍和母亲也坐在桌上吃饭，只是石萍不说话也不喝酒，把饭吃了就回屋了。老石和欧和慢慢地喝酒，不停地说话，听得出，欧和总是故意说些好听的话，把老石说得心里乐滋滋的。

第十三章

I

老石家这片果园虽然收入不多，但还是为石家带来很多名利，比如前年老石被镇里表彰为"农村致富的带头人"，去年被县里表彰为"致富路上的领头羊"，今年又被市里表彰为"致富能手"等等。

因此，不管是镇里的农技术员，或是村农技员欧和，都常来指导老石。有一天，欧和又来到果园，只有石萍在给柑橘树修枝，他走上前去，赶忙叫住她说："你别这样乱砍树枝，这样会损坏果树的。"

石萍一看是欧和，便装着不认识，说："你以为你是谁呀？天不管地不管，你怎么来管我修果树？你别以为你在我爸面前说好话，让我爸喜欢你。告诉你，我可不想见到你。"

欧和没生气，反而走了过去，他站着看石萍修了一阵，说："石萍，我是村农技员，来你家的果园是我的工作，你枝没修好，出于我的工作职责，我当然得管。"

石萍又认真地看了看他，想叫他赶快滚开，可她却没有说出口。她又干了好一会，以为他知趣地走开了，回头看了看，他还站在那儿，她说："哟，欧大技术员，你不得了是不是？我修我的枝，关你屁事，我才不稀罕你在这儿多嘴。"

"石萍，我们也是从小玩到大的，说什么你也不能这样对我，我对你还有爱。当然，那些不说了，那是感情问题。现在只谈技术问题，我在县里培训过，看到你乱修枝，让我心痛。"

石萍看了他一眼，说："你对我还有爱，欧大技术员，爱这话能随便说的吗？世上有你这样爱一个人的吗，巴不得别人看都不看一眼你的女人，哪有这种自私的人？"

"爱本来就是自私的，难道还能分享？不管你怎么说，我爱一个人有什么错？"

"那你就去爱吧，爱谁是你的权利。我告诉你，我就是爱顾大川，怎么了，你又请人打他吧？"

欧和听后，真不知石萍为什么这样恨他，从小到现在，他对她哪点不好呢？他说："都是过去的事情了，你还记着。女人真是小气，一丁点小事也记一辈子？"

石萍觉得那都是过去的事了，现在说起来是有些不恰当，她看他有些难堪的样子，缓和了下语气，说："那好，你说我不该这样修，我又该怎么修枝呢？"

欧和说："疏剪无用枝梢，剪除病虫枝和扰乱树形的徒长枝，适当疏除少量密弱枝，以节省树体养分，减少病虫害传播。"

石萍还是半信半疑地说："那你说说，为什么要这样修？"

欧和说："好，今天我高兴，就给你讲讲吧。因为柑橘树的夏梢、秋梢在基部留 8 ～ 10 片叶摘心，促其增粗、充实，尽快分枝。但前一年放出的秋梢母枝，不能摘心，以免减少来年的花量。已长成的长夏梢，不易再抽秋梢，也不易分化花芽，其他枝梢以少短截为宜。疏除花蕾，幼树树冠弱小，营养积累不足，过早开花结果会抑制树体扩大，而导致未老先衰……"

石萍虽然听不懂这些理论，但她听后觉得他真是内行，便说："好了，好了，我听不懂你说的什么大理论，你就说我该怎么修枝就行了。"

欧和笑了说："我想我说的你也听不懂，你把刀递给我，看我修给你看看就会了。"

欧和接过刀，认真地给她做修枝的示范，还边修边说，这个要保留，这个要修去……他做了示范后，石萍似乎明白了，她要回了刀，按他刚才说的修，可他仍站在她旁边看着她，石萍说："你说的我明白了，你怎么还不走？"

欧和说："我还想看看你修枝，怎么，这有什么不对？"

石萍说："我修枝真这么好看？好，你不走，我就走。"

欧和笑了说："石萍，现在你好像变了一个人似的。我知道为顾大川的事，你还在恨我，好，我走，我走！"

2

没过多久，村文书再一次来催，说村长家急着要个回复，到底这门亲事成不成？石萍的父母对这门亲事十分满意，可石萍却始终不答应，老石说："这事我早就答应你了。"

村文书听说了石萍和顾大川的事，他也问过欧和，说石萍心中根本就不喜欢他，本想通过这提亲让他父母好好劝劝她，能够把这门亲事说成，没想到石萍还没答应，看来这事肯定办不成了。他问道："你答应了，听说石萍不同意，到时她真不同意，怎么办？"

老石想了想，他一咬牙，下定决心似的，他说："这事由不得她，我说了算，这门亲事就这么定了。"

村文书想也是，现在虽然不能包办婚姻，但女儿毕竟是父母生的，有时父母三劝两说，她的心也会软的。人家村长家还在等他回话，要是办成了，不说以后在工作中会得到村长的关照，就是在村长那儿也好有个交代，现在看来这事并没有他想的那样简单，不管石萍同不同意，这事就这样先定下来也好。

随后，欧和家急着送来了彩礼，老石也热情地收下了。欧和认为，石家收了彩礼，这婚事肯定能成。那天，他碰到去外村给别人理了发回来的顾大川，他叫住顾大川说："顾大川，快进来，我要理发。"

顾大川装着没听见，他大步往前走。欧和跑了出来，叫道："你听见没有，我要理发，你走什么呀，你不就是个剃头匠吗，我找你理发是天经地义的事。"

顾大川想了想，欧和说的也没错，他是干这手艺的，别人要理发应该给别人理。他站住了说："是你请我给你理发，你还那么凶。你要理就来这儿，我给你理。"

欧和说："顾大川，你这不是有意为难我吗？在那儿怎么理，没凳子，又这么大的太阳，你说那不是活受罪吗？"

顾大川没好脸色，说："那就算了，我也累了，该回家了。"

欧和知道顾大川是在暗中较劲，他也像今天这头也非要他理似的，他说："那好，就在你那儿理，你等着，我去端个凳子出来。"

一会，欧和跑进屋端了个凳子出来，顾大川给他围上围裙，拿起剪子就开始剪。欧和说："你可要给我剪好点哟，我剪了这头是要去相亲的。你知道吗，石家收了我的彩礼了，石萍很快就会嫁给我了。"

顾大川听他这么一说，给他剪头的手一下子停了下来，他从欧和身上扯下围裙，收起东西就走。欧和急了，问道："顾大川，头才剪了一半，你怎么就走了呢？"

顾大川边走边说："你这头我不剪了。"

欧和不知所措，他问道："你为什么不给我剪了？"

顾大川说："我不剪就不剪了，你能把我怎么着？"

欧和很快明白了是啥原因，他说出与石萍定亲的事，就是有意要气他的，现在他看到顾大川真被气到了，他心里不知有多高兴。人在高兴时，似乎啥也不想计较了，他说："你不剪了，难道我还找不到人剪。我看你是因为石萍快嫁给我了，生气了吧？我就是要让你生气，看看是你行还是我行？"

欧和马上去到王三爷的理发店，他这只剪了一半的头发，把王三爷都逗笑了，说："欧和，你这是怎么弄的，你是要上舞台表演还是学城里的年轻人，将自己搞得像个妖精一样？"

欧和十分生气地说："都是你那徒弟弄的。先前我让他给我理发，只剪了一半，他就不剪了，你说你这徒弟是不是有神经病？"

王三爷听后，也不再笑了，他赶忙说："好，我马上给你剪好。回头呀，我得说说他，做手艺就得有个诚信，要剪就得给别人剪好。"

王三爷很快就给欧和理好了，欧和给他钱，王三爷却没收，说："不收钱了，我替我徒弟向你道个歉！"

欧和收起钱说："你真的该好好批评他了，再干出什么傻事来，到时吃亏的还是他自己。"

3

那晚，石萍约顾大川出来，说有十分要紧的事告诉他。

顾大川吃惊了，不知道石萍找他有啥事。但从她那一脸愁容来看，肯定不是好事，他一个残疾人，能有啥好事能轮到他呢，石萍是从小和他玩到大的，石萍爱他，他心里明白。可他不能因为爱，就让一个漂亮的姑娘跟着他受罪。他这样想，不知是对还是错，他自己也弄不明白。总之，他心中是爱着她的，这点不管别人相不相信，他自己却相信这是事实。

顾大川犹豫了好一阵，他不知道是去或是不去。因为他一直都躲着她，想用这躲来逃避现实，可不管怎样都逃避不了。有时，他一个人在地里干活，却想着她的出现，有时一个人坐在山坡上，也看着山下她的家，有时在月夜里，独对窗外的美丽夜色，却盼望着她像仙女般轻轻地走来……一旦去了，面对石萍火辣辣的目光，他不知会做出怎样的选择？

因为顾大川每次与石萍相见，他都能感觉到她的眼睛里浓浓的爱意，她不是用手挽着他，就是将身体自然地往他身上靠，不管从哪方面看，她对他都充满着欲望与渴求。他也不傻，也是一个有感情、有欲望的男人，他也很爱她，而且爱得很深。只是因为他是个残疾人，不想连累她，才尽力控制。说真的，他心中的那种滋味实在难受，所以他就躲着不见她。而这次石萍约他见面，又是为了什么呢？是不是她真的要把自己给他？当然，这只是他的猜想。如果不去，万一她真的有什么其他的事需要帮忙，那他就会愧疚一辈子的。想来想去，他决定还是去见见她。

一轮满月升上天空，如一朵盛开的玫瑰花饱含浓香，乡村便沐浴在玫瑰色的月光里，绿树翠竹掩映着农舍，花香鸟语缠绕着树木，庄稼树木环抱着乡村，整个大地充满着一种神秘的色彩。微风吹拂，树轻轻地摇晃着。此时，月光像一片轻柔巨大的白绸子把乡村包了起来，一阵清凉的夜风悠悠吹拂，送来温馨的泥土气息和庄稼幽香。

顾大川来到小河边，那是他们以前约会的地方。此时，河里的水被月光映照得亮亮的，不时发出潺潺的响声，这水声就像他们儿时的笑声，充满着欢乐和美好。顾大川去到河边的那棵柳树下，石萍早已在那儿等他，一见他来了，石萍急切地说："大川，你终于来了？"

顾大川听后也急切地问道："石萍，你这样急急地找我，有什么事？"

石萍说："有人给我介绍了对象，他就是，就是……欧和，他已送来了彩礼，他们商量说……下个月我们就要结婚了，我……不知道怎么办？"

顾大川听后心里很难过，这是他先前没想到的，这事来得突然，他一时也不知道该怎么办。他呆呆地站在那里，心里想了很多，仿佛对石萍所有的爱，一下子变得很浓，浓得真的无法割舍。所有的情也一下子变得很淡，淡得来就像天上的云彩，转瞬即逝。他也深知他和石萍根本不适合，他是个残疾人，欧和再不好，总比他强，父亲又是村长，说不定将来他还可能有更大发展，越想他越难过。

石萍似乎看出了他的心思，急切地说："你说，这到底该怎么办呢？"

顾大川还是尽力地控制自己，生怕他的情绪会影响她，生怕他的一句话让她难过。他思前想后，始终找不到一句恰当的话，更不知说什么好。

石萍走过去，抱住他，亲吻他说："大川，你说话呀？到底我该怎么办？"

顾大川任凭石萍怎么亲，都无动于衷，石萍滚烫的泪水不时落在他的脸上，他的泪水也情不自禁地流下来……

好一阵后，顾大川渐渐地冷静了下来，他推开了石萍，冷冷地说："好呀，祝贺你！"

石萍被他这一举动惊呆了，她不明白顾大川为什么要这样。一直以来，她一心一意爱着他，虽然他腿不好，但她心里从没嫌弃过他，可他却这样对她。其实,她从她亲他时他那很投入的表情中明白，他是爱她的。她说："不是，大川，我对你的心思……你还不明白？我除了你，我谁都不想嫁。我想，现在唯一的办法，就是……我们一起出去，去外面打几年工，等生米煮成熟饭了，我们再回来，你看行不？"

顾大川说："石萍，我跟你说过多次了，你别因为我……而苦了你一辈子。再说，我是瘸子，是废人了，你就……死了这条心吧。其实，欧和从小就喜欢你，他也是个不错的人，家庭条件也不错。你嫁了他，他以后肯定对你好的，你就……好好和他过日子吧。"

石萍说："不，大川，你的腿是因为我才变成这样的。再说，你现在虽然残疾了，不是一样的能干活吗，我愿意和你在一起，而且愿意照顾你一辈子。为了你，我什么都愿意。大川，你听我的，我们还是一起走吧，马上走，只要我们能在一起，做什么都行，再苦也是甜。"

顾大川说："石萍，你的心思我明白，可你别再傻了，我不想拖累你。"

石萍急了，似乎带着哭声说："顾大川，我为了你，我拒绝了多少追我的好男人。为了你，我不知和父母吵了多少次……你却总是不理我，你说句心里话，你到底喜不喜欢我？"

其实顾大川也明白，石萍是个好姑娘，心地善良，在乡亲们的眼中她不说是"村花"，但至少是人见人爱。她又在学校代过课，在山村里，当过教师的人就是有文化、受人尊敬的，也不知有多少人追求过她，她都拒绝了，都是因为她心中有他才这样。她心中有他，也对他很好，这种好，也许出于对他的同情，或者是出于一种发自内心的真爱。不管出于哪种原因，至少石萍是爱他的，也愿意和他一起过，可这现实吗？

在乡下人的眼中，他是一个残疾人，一个好好的姑娘如果真嫁给了一个瘸子，不说她的家人会怎么看，就是别人也会说三道四，这些对他没什么，可对于石萍说，不知要承受多大的压力，往后的日子她怎么过？

顾大川愣了好半天，说："石萍，只要你过得好，我就知足了。你别因为我，让你一辈子吃苦，真的！"

石萍听顾大川这样说，她简直不敢相信，平时看似坚强的他，怎么突然变成这样了，在一个真心爱他的人面前，却没有勇气去面对。可他哪里知道，她做出这个决定，是需要多大的勇气和决心。哪知都火烧眉毛了，转眼间本该属于他的就没有了，他却一点信心都没有。她说："我再问你一次，你愿意和我一起出走不？"

顾大川知道，石萍问这句话，是让他做出最后决定了，也算是要他一个明确的回答。一个女人话都说到这个份上了，这也是无奈之举。他也哭了，大声说："不——"

4

石萍本想再用这种方式问他最后一次，顾大川说不定会改变主意，因为她知道他很爱她，哪知顾大川却这样说。她气得大哭起来，说："顾大川，你是个傻瓜，你是个混蛋！"

石萍说完大步跑走了，顾大川久久地站在那里，仿佛变成了一个木偶人。说真的，顾大川心中很爱石萍，而且因为石萍的存在，让他艰难的生活多了许多动力，让他的梦中多了更多美好的期待。

当晚石萍就出走了。石萍出走后，顾大川很后悔，他后悔那个看似十分理智的决定。要是听她的话与她一起出走，不管到啥地方干啥活他都愿意，可现在想来，真像她骂的那样，他是个傻瓜，真是傻到了极点。他也曾想过去找她，可世界这么大，又去哪儿找呢？

顾大川在床上躺了整整一天，想以前有石萍在家，他觉得心里多踏实，做啥事都有精神，仿佛他的生活因她而精彩，他的日子因她而充满欢乐。现在她走了，他的心里空空的。他自言自语地说："石萍，你在哪儿呢？"

石萍的出走把老石气得不轻，他连声说："这孩子，怎么在这个时候出走呢？村长那儿我怎么去交代，真是一点也不懂父母的一片苦心哟。"

母亲流着泪说："都怪你，老是逼她，要嫁什么村长的儿子。我早就说过，你别逼得太紧，这事得慢慢地来，你就是不信。"

"你还说，这都是你惯坏的。"

"那好，她是我惯坏的，那以后我就不管她的事了，我看你这下怎么收场？"

"怎么收场，我看她还能在外面呆一辈子，她哪天要是回来，看我不把她的腿打断，看她还敢走？"

"她现在人都不见了，你去打吧？我早说过，女儿没同意，你就急着收人家彩礼，这下好了，你收了又怎么去退呢？你这老脸不要，我还要呢！"

石萍出走之后，父母没办法，只好去找说媒的村文书说明了情况。村文书说："我早说过，我们得征求你女儿的同意，可你却说你做得了主。现在，你做到主了吗？"

"对不起，都是我没教养好，是我的错。"

"现在你说这些还有屁用，我不说你们这门亲事还好，现在弄得我在村长那儿也没面子了。"

"请你在村长那儿多多美言几句。"说罢，石老汉将两瓶好酒和一条好烟递给了村文书。

村文书接过烟酒，笑了说："那好吧，我去劝劝村长，好把你们这门亲事退了。你是知道的，村长很看重这门亲事。"

在村文书的左右劝说下，石家将欧和家的彩礼退了，退了这门亲事。

石萍突然出走，加上石家又退了村长家婚事，这些事在村里似乎成了热点新闻，大家议论了好一阵子。石萍的父母依旧在家干农活，只是在心中，对女儿逃走的恨，变成了对女儿的担心和思念。

第十四章

1

　　开往深圳的客车在高速公路上奔驰。石萍坐在靠窗的座位，凝神地看着车窗外的田野山川，她无心欣赏窗外的景色，却想着她的父母。说不定他们正在四处找她，也许会因为没有了她的下落，父亲坐在屋里默默地抽着烟，母亲肯定整天以泪洗面……但这也不能怪她，她是走投无路才离开的，她多么希望父母能原谅她。

　　客车到了一个服务区停了下来，售票员说着不标准的普通话，叫车上每一个乘客再交 50 元车费，说是高速公路费。其中有几个人不愿意交，司机就叫他们马上下车。剩下来的几乎是第一次出远门到深圳来的打工者，就老老实实交了 50 元车费。石萍本来不想交，可看见大家都交了，她也只能交了钱。大家交了钱后，车开了好一阵，进入了深圳境内，大客车的乘客又转入了一辆小客车。

　　这时，车上的乘客骚动起来，不知大客车的车主与小客车的车主说了些什么。大家坐在车上感觉不对劲，那小客车车主的眼睛一直在打量车上的乘客，大家预感又要发生什么事情。果然，小客车的售票员又叫每一个人交 30 元钱，如果不交，全部下车，其中有一个坚决不交，也不下车，后来车主叫来两名剽壮大汉，把他拖下了车。这时，大家都劝他交，好汉不吃眼前亏。他说:"你们这些软骨头,你们还没有交够呢,你们等着瞧吧。"

石萍看到这一幕,她有些害怕了,不知以后还会发生什么事。但她已经出来了,不能再回去,就是再难也得撑下去。她向那位不交钱的小伙子投去十分敬佩的目光,她觉得他有一种正义感。可惜正如他说的那样,大家都是软骨头,要是全车多几个人像他那样,车上的人也不会任车主随意收费,更不会被转来转去。

小客车开到一个镇时,天色渐渐暗了下来。刚进入小镇车站,人们从小客车又转入一辆更小的客车。小客车的售票员说,每个人还得交上20元钱。这下,再也没有人站出来说什么了,刚才那位不愿交钱的小伙,也再没说什么,他也交了钱。

不知车子在这个小镇转了多少个圈,有人发现路线不对。问售票员:"这车怎么在这儿转来转去,我们坐的是长途哟,这样转来转去,要多久才能到呀?"

售票员不耐烦地说:"你坐你的车,问这么多干啥,反正早晚会把你拉到深圳就行。"

街上的灯火亮了,灯火辉煌。公路两边的树叶被风吹得沙沙作响。看着路边的树木标志,有人发现车子是往回开,开了一段路,又开回了原来那个镇。有人急忙喊着:"我要下车,我要下车。"

可车仍在开,没有停,那喊着下车的人急了:"听见没有,我要下车。"

司机看了他一眼,也许以为他是本地人,司机停车了,就让他下车了。

经过这么一折腾,车上的人心中都有怨气,他们多半是出门打工的,只想多一事不如少一事。车转了好一阵后,又上了好几个人,最后车终于上路了,大约三小时后,车终于到了深圳。

2

石萍是第一次来到深圳，她感觉这城市好大。街道很宽，四五辆汽车都可以并排着走。房子又大又高，最高的竟然有三十五层。走在这样的街道上，她觉得自己的个子好像矮了一截一样。在这个陌生得让她有点害怕的大城市，她不知怎么走，又不知道将来如何，此刻她心中充满了迷茫和无助。

城里的人都穿着漂亮的衣服，个个时髦漂亮，他们脸上挂着热情开心的笑容，让石萍既向往又羡慕。尽管石萍把她那件平时舍不得穿的碎花衣服穿上，但走到这城市里的大街上，她感到了自己明显的土气。在这里，她清楚地觉得自己是一个乡下人。当路人的眼睛不自觉地瞄上她一眼时，她便感到满街的人都在看她，她感到害羞，更主要的是她感到自卑。

出于好奇，石萍到处走了走后，还想好好逛逛，可路人的眼光把她的自信心打击得七零八落，她也知道这完全是她的自我感觉，却怎么也自信不起来。尤其是跟那些少男少女一比，她觉得自己像个穷要饭的。她第一次发现自己好像不会走路一样，在大街上有种躲躲藏藏的感觉。要是在乡下，她多自信呀，个个都说她不但长得漂亮，而且穿的衣服也好看。在这里她才真的看明白了自己，就像一朵开在田野的小花，在乡间还算好看，一旦进了城市这大花园，就算不上花了，只能算一叶草。

走了好一阵，石萍不知道怎么走了，只好返回长途汽车站，一个出门在外的人没去处时，车站的候车室似乎就是她暂住的地方。她看路牌，二路车能到她要去的地方，她看见一辆二路车开了过来，就和着人群挤了上去，这是她第一次乘坐城内的公共汽车，有点怯生生的，很快她就镇静了下来。车上的人很挤，人挨人的，她的对面站着一个二十多岁的年轻人。

石萍很不习惯这样的男女紧挨着，尤其是她面对面的那个人，好像故意要跟她挤一样，时不时碰着她的胸脯。她正想换个地方，不巧司机来了一个刹车，满车厢的人像稻草被狂风吹拂一样，一齐朝前倾。大家都猝不及防，那个男人一下子抓住了她的肩膀，两个人差点抱在了一起。

"你……你流氓！"石萍大喊起来，她用手指着那个年轻人。

大家正无聊得很，一见石萍生气的样子，就知道这是难得的好戏。车上的一帮年轻人就起了哄，一个年轻人指着另一个年轻人学着石萍的样子："你流氓。"

石萍被气哭了，她用手指着那个城里的年轻人，他举着手要打她，幸好车里人多，城里的年轻人终究没有打石萍，但他的手指却已经指到了石萍的脸上。

"你这个乡下佬！脑子有问题，神经病！"

"明明是你在耍流氓，你还骂人？"

石萍这一说，全车人都笑了。不一会，长途汽车站到了，她下了车。车站外面有很多人，有的人在等车，有的人背着包，可能是才来这里的。石萍在车站待了一宿。第二天一早，她觉得这里没住处，干脆回家算了。她正往车站里面走，正好两个陌生人走过来，问她是不是想找活干，石萍点了点头。其中一人笑了说："跟我们去吧，我们厂里正在招收工人，活儿轻松，工资又高。"

石萍问道："是啥厂呢，每月能挣多少钱呢？"

那人说："是很好的厂，每月少说也能挣 6000 元以上，只要你干得好，还有奖金。"

石萍高兴地说："真的呀？"

那人神秘地笑了笑，说："当然，如果我们看不上的人，想去我们还不要呢？"

石萍说："进厂干活还要看人呀？"

"当然要看人，我们厂是大厂，要有气质有素质的人才能进厂，不然会影响我们厂的形象。走，快上车。"

石萍高兴极了，她想真是运气好，有的人来到深圳找来找去都没找到活干，可她却有人主动上门来找，这是上天在帮她吗？但她还是认真地打量了一下那两个人，好像也看不出什么破绽。也许是她多想了，深圳厂多，现在正是需要大量的人，主动来车站招人干活也正常。

那人催促道："你还愣着干什么，快上车吧，我们厂里正急着招人干活呢！"

石萍听他们这样一说，便拉开车门准备上车。

3

天底下就有这么巧的事，这一幕正好被在深圳一个建筑工地干活的刘大柱碰见，他一眼就认出她是村里的石萍，他叫住她，问道："石萍，我是村里的刘大柱，你还认得我吗，你这是去哪儿呀？"

石萍看了看他，也认出了他，高兴地说："大柱，这么巧，能在这儿碰到你。我也是刚来这里，现在找到活儿了，我是跟他们去一个厂上班。"

刘大柱看了看那两人，怎么看都不像招工的人，凭他来深圳多年的经验，以前也曾听工友们说过有的人被人贩子骗的事，他一下明白过来，她是遇上人贩子了。他问道："他们是谁呀，你认识吗？他们的厂在哪儿，是什么样的厂，你知道吗？"

石萍说："我不认识他们，也不知道他们是什么厂。"

刘大柱就一把拉住石萍，大声说："别忙上车，要是他们真的是招工的，就把电话地址留下来，下午我陪你去他们的厂里看看再说，千万别被骗了。"

石萍听刘大柱这么一说，转身就走了过去。那两个人见事不妙，赶忙开车走了。

刘大柱告诉石萍，那两个人可能是人贩子，她差点被他们骗去卖了，这让石萍吓出了一身冷汗。她没想到，外面这么复杂，不想还好，她越想越怕，最后简直不敢一个人走了。

随后，刘大柱就带石萍去逛街，大城市就是不一样，街上热闹非凡，人来人往。刘大柱说："石萍，你还没来过这么大的城市吧？"

石萍目光里充满着惊奇，更带着迷茫，她说："是的，我从没来过这么大的城市，更没一个人走过这么远。"

刘大柱说："好，石萍，你第一次来深圳，今天我就先带你去玩玩，让你也开开眼界。"

他们上了公交车，车上人很多，大多是去某某工业区工作的年轻人。公交车开动没一会儿就又停在某一小站，上了车的人也不大爱说话，不一会儿就又停车，下车的人、上车的人都从从容容的。石萍在车上坐得天昏地暗，为了消除她内心的恐慌，刘大柱用手拍了拍她的肩，笑了说："石萍，在深圳挤公交车，就是这样。别担心，一会儿就到。"

有刘大柱在她身边，石萍感到踏实多了，先前的担心和恐惧都烟消云散了，她紧挨着刘大柱站着，车里很挤，每个站都有人上也有人下。也时不时有人从她身边挤过去，她总是十分小心地看着自己的包，虽然包里没多少钱，但她还是怕被小偷偷走。好不容易到了，他们下了车，随着人流钻出了一个三面锥体建筑，看见上面写着"世界之窗"四字。这时，一片惊呼把石萍吸引了过去，只见许多人在一个人造喷泉的景点前留影。喷泉的后面是一个有几十级台阶的高台，上面有几个硕大的啤酒桶，还有"埃菲尔铁塔"一柱擎天，两侧是高大的石柱，一股异域风情兴奋了她的神经。

刘大柱说："石萍，这儿这么美，你在这儿照张相不？"

石萍说："坐了这么久的车，衣服这么脏，就别照了。"

刘大柱笑了说："行，以后有机会再来这里时我们再照嘛。"

那个照相的人听他们这样一说，举起相机就给他们照了一张，笑着说："我看你们两个这么亲热，给你们照了一张。50元钱，一会儿你们来取照片吧。"

　　石萍说："你怎么能这样呢？我们又没叫你照，你照什么呀？"

　　"我说你也太小气了吧，我是看你们小两口这么甜甜蜜蜜的，让我感动了才给你们照的，不然你就是出钱请我，我也不照。"

　　石萍更生气了，她说："你别乱说，我们哪是两口子？我们只是一起出来打工的老乡。"

　　刘大柱赶忙走上前去，他示意石萍别说了，不就是50元钱嘛，别为了这点小事闹得不愉快，他平时在工地上班，也难得出来玩一次，今天碰到石萍，他高兴，所以带她来玩了，照就照吧，把钱交了，至于照片要不要没事。

　　刘大柱将钱交了，老板叫他们一会出来时取照片。

　　他们买了一张门票，随着人流进去了，一个硕大的广场呈现在眼前，广场四周是许多的石柱，还有浅浮雕的红色墙面。右转就是虹桥，虹桥架在小河上，河边是葱郁的植物，像撑着的雨伞。两人正穿行间，忽听一阵锣鼓喧天，循声前往，一个红顶木楼群正在转角处。进了一个亭子，几个游人坐在木凳上等演出。眼前是荷池，荷香淡淡，荷叶正圆正绿，一只红舫船正泊在池边。池对岸是茶楼、酒楼，许多人正在喝茶吃午饭，他们一边啜饮，一边观看演出。雨丝如琴弦，根根可数，正数着，音乐在风雨中飘起，两个脖子上挂着腰鼓，穿着异域衣裳的小伙子，一边敲着腰鼓，一边踩着舞步舒展着腰身，不时有几个女孩子着红色的短衣长裙挽起长发翩翩起舞，这舞是东南亚一带的……

　　刘大柱和石萍逛了一阵后走了出来，石萍叫住了刘大柱说："哎，还有照片，没去取，先前不是交了钱么？"

　　刘大柱笑了笑说："算了，照片就别去取了。"

　　石萍问："为什么？"

　　刘大柱看了看她，不知怎么说，他仍往前走，石萍也跟着走。刘大柱说："你没听照相的人说嘛，我们是小两口，照出的照片肯定是我们的合影，你说我们还去拿照片干什么，到时我怕你看到照片更不高兴，就当没照过吧。"

石萍突然一下明白过来，也没再说什么，只是觉得刘大柱说得也有道理。

他们走了出来，又在街上转了转，刘大柱说："石萍，我带你去我建筑工地上看看，再慢慢地帮你找活儿。"

石萍用感激的目光看着他，今天能遇到他真是幸运，要不然她不知会被骗到哪儿。现在好了，在这举目无亲的城市，能有一个刘大柱照顾，他就像她的依靠，有他在她就不用怕了。她点头说："行。"

4

建筑工地在城市的边缘，那里正在开发一个新的工业园区。工地上显得十分零乱，工人们正在忙碌，有的在搭脚手架，有的在浇筑框架，有的在砌墙，有的在抹灰。看上去他们很能吃苦，很能干活，特别是那些女人，与丈夫一起出来，把娃娃撂在家中，她们的身影，她们的喊声给工地带来了活力，让坚硬的钢筋水泥不再冰冷，让尘土飞扬的施工现场的色彩不再单调。她们声音高亢，底气十足，一捆捆的钢筋、方木条、壳子板，都是被她们拉到位的。

石萍问："那些女人也能干这么重的活？"

刘大柱说："是的，虽然她们是女人，但干起活来并不比男人差。"

"那她们能干，我也能干这活。"

"石萍，你哪里能干这种粗活？你先去工棚里坐坐。一会我带你去找活儿，你这么漂亮，又这么年轻，找个餐馆服务员的工作，我想肯定是没问题的。"

石萍不理解，干活又不是选美，还要看人长得是不是漂亮，她说："干活还要人长得漂亮呀？"

刘大柱知道石萍是第一次出来，对外面的事还不了解，但他不好说明，笑了笑说："当然，现在的餐馆老板，就想用长得漂亮的年轻女人，因为漂亮的女人，能招揽生意。"

石萍越听越不明白，她说："大柱，我不想去那些不正规的店里干活。"

刘大柱说："放心，石萍，肯定要去找正规的餐馆上班。"

石萍来到刘大柱的工棚里，看见里面有很多张床，衣服和被子乱七八糟的，还有很浓的一股汗臭味，刘大柱有些不好意思地说："石萍，你别见笑，在工地上干活，就这条件，大家整天只忙着干活，哪还有心思收拾屋子。"

石萍笑了笑说："没想到出来打工这么艰苦。"

随后，刘大柱带着石萍出去找活干，第一天没找到合适的，刘大柱就近给石萍找了家旅馆住下。第二天，他们仍出去找工作，终于有一家餐馆答应要她。老板看了看石萍，说："你来我的餐馆干活，就是打杂、端菜、洗碗等，样样都要做，包吃包住，每月我给你3000元，你看怎么样？"

石萍说："没问题，我在家啥活都干的，至于工资嘛，每月3000元，行。"

老板说："那你就去干活。至于店里的规定，一会领班会告诉你的。"

在领班指点下，初来的石萍一点就通，客人来了后，她就招呼客人坐，然后就倒茶，再端菜、洗碗……石萍干起活来手脚十分麻利，老板在一旁看得连连点头。在中午那一阵忙过后，老板叫领班带石萍去安排住处，领班按老板的安排，将石萍带到餐馆斜对面不远的家属区，打开楼下的一间小屋说："这间就是你的住处，你先收拾收拾。"

石萍开始收拾起这间小屋，这间小屋里布满了灰尘，看上去好久没住人了，领班告诉她："这间小屋是老板租的，专门用来做他餐馆服务员的寝室，以前好像有人在这里住过，那人走了后，老板安排我去住那儿，你知道的，我老公在这里干活，肯定不会在这儿住，我下班后就回去，所以就没人住了。"

石萍说："餐馆里好像还有个服务员，她住哪儿呢？"

领班说："她的老公也在这里打工，在外租了房子，她下班后也回家去住。"

石萍收拾好后，她多少有些累了，看了看这间小屋，似乎还真有一种家的感觉。

领班说："你先休息，我也回去休息一会，下午 3 点半，你要准时去，不然迟到了要被扣工资的。"

石萍说："好，谢谢你！"

领班走后，石萍倒在床上睡觉，可不知是因为第一次走这么远，独自一个人来这里打工感到高兴，还是因为初来感到陌生，她怎么也睡不着。尽管自己是逃出来的，但她还是特别依恋家，想到父母的亲切，想到顾大川的艰难，想到她自己的迷茫，她情不自禁地流出了眼泪……

第十五章

I

刘大柱在工地吃了午饭，便过来看看石萍，他找到石萍寝室，石萍十分高兴地叫他进屋坐，他看见石萍这间收拾得干干净净的小屋，心想：女人就是不一样，这么一间小屋，经她这么一收拾，真像一个家一般的温馨，有女人的家,那才真正像一个家。哪像他们工地上的工棚，全是一些大男人，下班不是玩就是睡觉，谁还去收拾一下屋呢？整天住在里面，不是烟味就是汗味，那些难闻的味道熏得他受不了，但他也无法改变那种环境。他高兴地说："石萍，你这间小屋还真不错，比我的工棚好多了，我也想出去租一间小屋住。"

石萍说："你想租房子，贵不贵呀？"

刘大柱说："在那后面的城郊，租一间农民的房子，一月最多200多元。"

石萍说："很好，看你那工棚，多脏，这么便宜还是租一间住好。"

刘大柱说："是的，到时我租好了，带你去看。"

石萍说："好啊，我一定去。不过，我这儿也欢迎你常来。"

刘大柱笑着问："什么，常来？"

石萍认真地说："是呀。"

刘大柱说："那好，我一定经常来。"

说完，刘大柱又回工地干活去了。石萍望着他的背影，觉得心里温暖了许多，在这异乡，能有一个十分亲近的人时时关心着自己，哪怕一句话，或者一个笑容，也会赶走心里的寂寞和孤独，更有一种心灵的依靠。

说真的，在家乡时石萍没觉得刘大柱怎么样，虽然是一个村的，只是认识，没有深交，就是碰见也只是打声招呼，一点也感觉不到他有多重要。可一到了这个陌生的地方，刘大柱在她心中就变得重要起来，而且还有点离不开他了，巴不得天天和他在一起，但她绝不是爱他，是乡情让他们亲近，是彼此间的关心和信任让他们相互有了依恋。

那晚，餐馆吃饭的人少，有一桌人吃完就走了，她们收拾好后，石萍觉得还早，就去到工地上找刘大柱，刘大柱正好在吃晚饭。他吃的饭也很简单，就是从工地上的食堂打来饭菜，蹲在工地上的空坝上吃，几个工友一边吃一边说笑，还挺开心。

刘大柱见石萍来，端着饭走了过来，笑着说："石萍，你怎么来了，吃饭了没有？"

石萍说："今晚餐馆里的客人少，这时也没事，我吃了饭没处玩，就来看看你。"

"好的，你等会，我吃了饭带你出去走走。"刘大柱很快吃完了饭，便和石萍去到工地外河边的绿荫道上散步。

正是立夏时节，他们边说话边沿河边的林荫道上走着。随着气候转暖，来河边运动的居民越来越多，多数是夫妻，还有一家老少或街坊邻居、亲朋好友在一起，也有一个人自己出来走走的。

他们漫步在河边的林荫道上，欣赏着清澈的潺潺流水。身边有恋人手牵着手的，十分亲热地走着，偶尔也有些小动作，这让石萍看得有些脸红，她觉得城里人胆大不怕笑，要是在乡下，这动作如果被人看见，肯定会笑掉大牙。远处闪烁的灯光，还有迷人的夜色，更让她心旷神怡，她心里总有一种说不出的高兴和激动。

刘大柱说："石萍，城市里就是好玩，所以好多人都想来城市哟！"

石萍说："是的，但在城市打工还是很苦的。"

刘大柱说："石萍，在餐馆的工作，你认为行不行？"

石萍用十分感激的语气说："我在这儿包吃包住，老板说每月给我3000元工资，我认为还是不错的，来深圳打工也是我的梦想。如今，我来到了这里也找到了工作，这都得谢谢你，大柱！"

刘大柱说："好好干吧，我在建筑工地上每天干这么重的活，每月工资才4000多元，你包吃包住活儿又轻松，还有这么多工资，真让我羡慕哟！"

石萍笑了，她知道他是在说笑话，但她听着也高兴，她知道在这儿找个工作不容易，不管怎么说，有一个事干总比没有好。餐馆的工作，刘大柱肯定不了解，都以为是最轻松的活儿，其实也很累的。她说："每天端菜、收碗，跑来跑去的，脚都跑痛了，你还说轻松？"

"石萍，你跑来跑去，总比我们挑灰桶、抬钢筋轻松吧？"

"比起你在建筑工地上干活，肯定要轻松得多。"

随后，他们来到一条狭窄幽深的小巷，路灯下的小巷有些昏暗，石萍有些害怕似的紧挨着刘大柱，刘大柱说："石萍，别怕，我没事时经常来这里走走的，这儿安全。"

听刘大柱这么一说，石萍那颗悬着的心一下就放下了，她点了点头说："当然，有你在，我肯定不怕。"

刘大柱看她心事重重，问道："石萍，你怎么了，不开心？"

正如刘大柱所问，自从她来到这座陌生的城市，总感到孤独和惆怅。午夜里凝听夜落的声音，看不清整个城市的样子，在凌晨倾听心碎的声响，昏黄的灯光照耀着黎明前的街道，她就想起家乡，想起亲人和朋友，在家乡与他们生活在一起，是多么的幸福。

更多的时候，她想着顾大川，不知他现在怎样。当他不愿意和她一起出走时，她感到了失望和痛苦，心中更是撕心裂肺的痛。当幸福在她身边擦肩而过时，她也闻到了悲伤的气息，因为她早就知道他们在一起是不可能的，不说顾大川有自知之明，就是别人也会说三道四，所以她和他这样的结局，也许是命中注定。

石萍说："很开心的，只是心里老是想父母。"

刘大柱笑了说："石萍，你才出来，肯定很想家的，我才出来时也一样。不过时间久了，你就会习惯这种生活的。"

石萍说："大柱，如果我来深圳没遇上你，不知道会发生什么。就是啥也没发生，我也可能要不了几天就回去了，因为在这个陌生的地方，我觉得一点安全感都没有，幸亏遇见了你，让我的心里踏实许多，谢谢你，大柱！"

刘大柱用手扶了她一下，又赶忙将扶她的手拿开，笑着说："石萍，你别多想，你有文化也很能干，一起都会好起来，有时间我就陪你出来走走。"

随后，他们慢步到一个大树下的小道上，看见旁边的椅子坐着一对恋人，他们旁若无人地亲吻着、拥抱着，从身边经过的路人视而不见，石萍却好奇地看了好一阵，刘大柱拉她走，说："走吧，别老是看人家，万一被人家发现多不好。"

石萍赶忙和刘大柱走开，她的心中好像也有一种冲动了，她脸变得红红的，仿佛刚才看到的场景，主人公不是别人，而变成了她自己，她深情地看着刘大柱，想说什么，却没说出口。

刘大柱说："石萍，不早了，明天我们都要上班，早点回去休息吧。"

石萍说："好。"

刘大柱将石萍送回去后，他也回工地去了。

2

　　这一夜，石萍做梦了。在一个静静的夜晚，她乘着柔柔的夜风，翩翩飞到一个十分幽静的地方，那皎洁的月亮映照着一个人的笑脸，那人拥抱着她、亲吻着……她感觉到夜里璀璨的星辰，就是他的目光，像火辣辣的阳光一样将她的全身烤得暖暖的，她被他充满的激情、亲近感动着……随后，那人便消失在茫茫的夜色中，她想不起那人是谁，是田庆，是顾大川，还是刘大柱？她不知道，她真的不知道她想要的人到底是谁？

　　这天，刘大柱从租赁房里去到工地上，因为下雨，工地今天不上班，有的工友打牌，有的睡觉。刘大柱也倒在工友的床上睡觉，睡了好一阵，总觉得睡不着，他起来到处转了转后，想去看看石萍了。现在不知怎么的，一有空他就想去看她，也不知道他对她到底是什么感情，他更不知她对他是什么感情。他不愿去想这么多，只觉得在这个远离家乡的城市，能有一个说说话的人，也是一件不容易的事。

　　也许是石萍昨晚下班晚，已是早上9点半了，她还关着门睡觉，刘大柱轻轻地敲了几下卷帘门，没出声，他又敲了几下。这时，似乎还在睡梦中的石萍问道："谁呀？"

　　刘大柱大声说："是我，刘大柱。天都大亮了，你怎么还不起床？"

　　"大柱，你这么早来找我干什么？"石萍马上穿衣起床，不一会她将卷帘门打开，叫刘大柱进去坐。屋里散发出女人特有的气息，让刘大柱觉得无比温馨。他觉得这种气息比起他工棚里的汗臭味好闻多了，这就是人们所说的爱的气息，家的气息，甜蜜的气息，更是幸福的气息。

　　石萍给他倒上水，笑着说："你今天怎么有时间来我这儿，是不是有什么高兴的事？"

　　刘大柱摇头说："没有。"

　　石萍又说："那你今天一定有什么不高兴的事？"

刘大柱也摇了摇头："没有，我只是想来看看你。"

石萍高兴地笑了，仿佛这话在她的想象之中，更在她的预料之外，她说："真的呀？"

刘大柱说："真的！都快10点了，你怎么还在睡觉呢？"

石萍说："现在进入夏天了，餐馆里的客人一般都走得晚，昨晚有一桌吃到凌晨一点多才走，我们收拾完就快两点了，所以现在还在睡。"

刘大柱说："你平时干活累不累？"

石萍说："很累，有时客人没来时，不是到厨房洗菜、洗盘子和洗碗，就是拖地、擦桌子。有客人来了后就更忙，有时走路都在跑。这样，不光是端菜端得手疼，而且跑上跑下的，最难受的还是脚都跑痛了，有时晚上回家，痛得连脚都怕洗。"

刘大柱说："我原以为你整天在餐馆里就是端端菜什么，而且天天吃得这么好，日子过得像神仙一样，让我都暗自羡慕，没想到还这么累。"

石萍说："哪有你想象得那么好，我说大柱，你凡事都别想象得太好了，生活中哪有那样的好事，出来打工是干活儿的，不是让我来享受的。不过，我还是吃得消的，因为我从小就在家里干农活。"

刘大柱问："石萍，你们晚上这么晚才下班，那每天上午几点去上班呢？"

石萍说："这个老板没严格要求，一般要10点过去，有时也可以11点去，因为一般客人来吃饭，都要12点。"

刘大柱说："那还是比较自由嘛。"

石萍说："是的，我也这样认为，我们老板不直接管我们，由一个领班安排活儿，她也是打工的，有时睁一只眼闭一只眼，对我们还算放得松。"

过了一会儿，刘大柱站起来，在石萍屋里转了转，随便看了看，欣喜地说："石萍，没想到，这间小屋你还收拾得干干净净的，在老家我还没机会去你屋里看看。"

石萍笑了："真的呀,我没有这种感觉。"

刘大柱说："是呀,男人怎么能光顾着收拾屋子呢,还是要干点正事的。"

石萍笑了："你又来了,难道收拾屋子就不是正事。走,让我去看看就明白了,你欢不欢迎?"

刘大柱说："走嘛,当然欢迎。只不过房子是才租的,还没怎么收拾。"

刘大柱和石萍并排走着,他们边走边说着话,远远看去,他们一路上有说有笑的情形,谁都会说他俩定是正在热恋中的恋人。他们穿过热闹的街道,再拐过一条小巷,就到了他的租赁房。这家人住的是几间破旧的砖瓦房。刘大柱的寝室就是其中一间小屋,他那间小屋里除了一张床和一张小桌子外,几乎没有别的东西了。

刘大柱说："我这间寝室太破旧了,哪能和你的寝室相比呢。"

石萍说："不管寝室好与不好,都不是我们自己的房子,我们只是暂时住住,别管这么多,只要有个落脚的地方就行了,你说是不是?"

刘大柱觉得,石萍真是个识理的人,说起话来真好听。她也深知出门打工不容易,能租上一间小屋住,对于一个打工的人来说,是再好不过的了,总比三五个人挤在一间屋里好。

刘大柱点了点头,说："是的,我来深圳好几年了,还是第一次出来租房子住,也享受一下住单间的乐趣吧。只是每月得花 200 多元房租,住工棚不但不出房租,水电费也不用出,想来有点不划算。"

石萍明白他的心思,她知道他是一个十分节约的人,几年了都住工棚,没有出来租房子,可现在他却出来租房子,是不是因为她,或者受她的什么影响呢?她不好问他,只是在心中猜测,且不自觉地望着他笑了。

刘大柱不知道石萍笑什么,他看了看小屋,说："石萍,你是笑我租的这间屋太破旧?"

石萍说："不是,房子租这么好干啥,你又不是大老板。"

刘大柱更不明白,他也呆愣愣地看着她,说："那你到底笑我什么呢?"

石萍没回答，转身就帮他收拾起来，她把床上的被子叠好，又用湿毛巾擦了擦桌子，还理了理到处扔着的衣服、鞋子，男人的屋里，除了乱七八糟的东西，就是一股浓浓的汗臭味。她说："大柱，其实你这间小屋不错，很清静的，就是你没收拾好，以后要经常收拾，尤其是衣服要经常洗，别太懒。"

刘大柱看着刚收拾过的房间，干净整齐多了。难怪有人说要有女人才像个家，没有女人的家肯定不是家，要是她天天来收拾多好呀！他笑着说："谢谢你，石萍，帮我收拾得这么干净。"

石萍说："你要上班了，对吧？那我走了。"

刘大柱把石萍送到门口，说："你路上小心。"

3

晚上，餐馆里的客人特别多，所有座位都坐得满满的，忙得服务员走路都在跑。干活认真的石萍，好像是比别人打转快得多，她一会儿端菜，一会儿倒茶，一会儿擦桌子，跑来跑去的，连喘口气的时间都没有。

吃饭的客人都先后走了，唯有一桌人边喝酒边闲聊，一直吃到了晚上12点多，餐馆里的工作人员只能等，还时不时要为他们加菜、送酒、倒茶。好不容易才等到这桌客人吃饱喝足后离去，石萍和其他几位服务员赶忙收拾。收拾完已是凌晨一点多钟了，她们才拖着有些疲倦的身子回家。

石萍最后一个走，因为她的寝室离餐馆最近。她回到自己的寝室，刚洗漱完，准备关门睡觉。这时，餐馆老板来了，他走到门口站了一会儿，看起来有些摇摇晃晃的，但他定了定神，说："石萍，你这屋里住着……合适吗？"

石萍愣了一下，她不明白老板这时来干什么，马上问道："这么晚了，老板，你有事？"

老板听见石萍答话了，他就走进屋里，左看右看的，像有事又像没事。这下，石萍认真看了看他，发现他喝了酒，而且浑身散发着酒气，还有点似醉非醉的。她知道老板这时来，肯定不是好事。

石萍也不是傻子，她早就听说外面的老板大多好色，专欺负外来的打工妹。老板有什么了不起，只是有点钱而已。要文化没文化，要素质没素质，整天吃喝玩乐，还一副老子天下第一的做派，这样的人她从内心瞧不起。可人在屋檐下，不得不低头，她没有把话挑明，只是站得远远的，强装笑脸说："老板，你坐吧。"

老板坐下了，脸上露出了笑容，他看了看屋里，说："这间屋……你，你收拾得还真……干净。哎，你来了快一个月了，工作还……习惯吗？"

石萍说："还好，谢谢老板的关心！"

这时，老板突然起身走上去，一把抱住她，轻轻地说："石萍，自从你来了后，我就觉得你很漂亮，也很能干，你身上有一种乡下人才有的淳朴，你……就是我想要的那种女人。"

石萍被这突如其来的告白吓坏了，她使力推老板说："老板，你别这样，你是老板，我哪能配得上你呢，况且你有老婆了，我……"

老板说："现在对于这个……有啥，石萍，我真的好喜欢……你的。"

三两下，老板被石萍推开了，他愣了愣，用通红的眼睛看着她，似乎有一种非要得到她不可的欲望，他又扑过去，用尽全身力气抱住她。这下她怎么挣也没挣脱，最后被老板压在床上。

老板说："石萍……说真的，如果你……顺从了我，做我的情人，我马上带你去……广州，我在那里还有一家餐馆，保你要不了多久……当上老板娘。"

石萍努力推却推不开，努力挣也挣不脱，她说："老板，我求你了，放开我吧，你说让我当老板娘，我才不需要……"

老板哪里听得进石萍的话，他一只手压着她，另一只手去解她的衣服，眼看就要得逞了，石萍急了，她气愤地用手"啪"地给了老板一耳光，痛得老板手一松，她就借机翻身起来，赶忙跑出屋外，大声地骂道："你这个畜生，再不走，我就喊人了。"

老板见状，十分生气地说："你既然不愿意，从现在起，你……就别想在我的餐馆干了，明天你就走人。"

石萍生气地说："走就走，难道除了你这里，我就找不到别的活干了？"

老板看着她，没想到他这个情场老手也会看错人，以前凡是他看上的女人，不费任何功夫就能搞到手，他还从没见过像她这样的女人。他说："凡我看上的女人，从来还没有我得不到的。你以为你高尚，告诉你，现在出来打工发了财的人，有几个是硬干出来的。不知天高地厚，你就一辈子端盘子洗碗去吧。"

石萍气愤地吼道："滚！"

老板走出了她的寝室，露出了一丝狰狞的笑，他小声地说："如果哪一天你想通了，你真想当老板娘，你就随时来找我……"

石萍说："滚，快滚，你妄想吧！"

第十六章

I

老板走后，石萍越想越害怕，可这深更半夜的，她又能去哪儿呢？她在这里，除了认识刘大柱，再也没有什么值得信懒的人了，她便只好去找刘大柱了。

这时的街道上很少有行人，到处显得静静的。她怎么也不敢相信，白天这么繁华的城市，怎么到了深夜就变得那么静呢？她独自一人走在街道上，感受夜的昏暗，一人体会夜的孤独，耳边没有车流声，没有穿行而过的行人，虽然有点害怕，但她仍慢慢地走着。

偶尔她的头脑里会闪过一些画面，人人都说回忆很美好，可她从来不曾感觉它很好，也许她是个例外吧，因为有些事让她难过，更让她感到失落，这样的回忆，让她的内心有一种莫名的悲伤与孤独感。抬起头看着那高高洒下的灯光，石萍反问自己，为什么要放下在学校教书的工作来这里，她心里恨那个色狼校长。她也一心一意爱着顾大川，可他却不愿一起私奔，她为什么还去牵挂他？看着路灯下的影子，那昏暗的光将她的身影拉得好长，她此时才感觉到无比凄凉和无助。还好，也许是上天有意安排，她来深圳就遇见了刘大柱，有他在，她觉得有什么话都可以给他说，更主要的是，有他在，她心里觉得踏实。

不一会儿，石萍来到刘大柱的租赁房前，她敲了敲门，也许是刘大柱睡着了，里面没有回答，她又敲了敲门，这下刘大柱醒了，他问道："谁呀？"

石萍说："是我，石萍。"

刘大柱一听是石萍，赶忙拉亮了电灯，穿衣起床开了门。他用十分惊奇的目光看着她，心想：她这时来我这里干什么，是不是她也和他一样，在这陌生的城市里，觉得孤独无聊，更是寂寞得睡不着觉？凭他这段时间对石萍的了解，她好像不是这种人，更不像有的人那样随便，她是一个有文化的女人，她与他总是保持着那么一点距离，那她今晚来，又是为什么呢？

刘大柱叫道："快进来。"

石萍进屋坐下后，她看了看刘大柱，有些不好意思地说："对不起，大柱，我这么晚来打扰你，实在是不好意思。"

刘大柱问道："石萍，你这么晚来找我，有什么事？我知道，如果没事，你肯定不会来找我的，快告诉我，你到底怎么了？"

石萍想，这事怎么给他说呢？这事对她来说就是一件不光彩的事，要是他知道了，不知他心里会怎么想。虽然她和他不是恋人也不是夫妻，只是老乡，是朋友关系，但她还是难以开口，再说老板不是没得逞嘛，还是不说为好。

石萍笑了笑说："没事，我只是觉得害怕。"

刘大柱笑了说："哦，原来是这样，我还以为你有啥事哟。哎，石萍，你怕什么呢？是不是感觉到有什么不对，或者说是不是有人想对你……"

石萍知道，刘大柱从她的表情中也许看出了些什么，她还是尽力装作若无其事的样子，她说："大柱，难道我来看看，你不欢迎？"

刘大柱说："当然欢迎，我今晚睡得早，这时已睡了好一阵了，我就陪你说说话吧，反正我在这里也没有一个能说上话的朋友，尤其是女人。"

他们聊了一阵后，刘大柱感到睡意全无，也许是因石萍的突然到来，让他想入非非，他说："石萍，今晚我们难得这么高兴，不如我们出去喝酒，边喝边聊，你看如何？"

石萍说："这么晚了，你明天还要上班，再去喝酒，你睡不好明天上班行吗？"

刘大柱说："这个你不用担心，我呀，有时晚上睡不着时，一个人也常去到外面喝酒，白天还是照样上班，走吧。"

刘大柱和石萍去到他租赁房外面不远的一个街道上，来到一家小摊前，老板十分客气地招呼他们坐，让他们点菜，刘大柱问道："石萍，你看吃点啥呢？"

石萍说："你随便点几个菜就行，别点多了，吃不完浪费。"

刘大柱看了看菜单说："就点一个烤鱼吧，这里的烤鱼很有特色，你还没吃过吧？"

石萍说："行，我还真没吃过这儿的烤鱼。"

2

随后，老板就给他们烤了一条武昌鱼，一盆子油焖大虾，两盘青菜，刘大柱另要了几瓶啤酒，他俩便边喝酒边说起话来。

几杯酒一下肚，刘大柱的话也多起来，他说："你别看我们工地干活累，但能挣钱。我的一位朋友在工地上干了近十年，他不但给家里修起了楼房，还买了一辆农用车，现在呀，他回家专门跑他的运输挣钱了，再也不出来打工了。我还有一位工友，他说再在工地上干几年，回家娶个媳妇，就好好过日子，到时去他那镇上开个饭馆，他打工这几年也挣了一些钱，是他父亲帮他存着，一分也没花他的。我呢，有打算再干几年，有了钱后也回家干点什么，至于干什么，我还没想好，总之，不想一辈子打工。"

石萍只听他说，她也不知道和他说什么，她心里似乎有好多话要说，却不知道怎么说，经历这么多事以后，她想和顾大川走到一起是不可能的了，和刘大柱倒很合适，如果真能和刘大柱走到一起，这也未必不是一件好事。

刘大柱问道："石萍，你告诉我，你今晚到底有啥事？从你一进我屋里，我就看出了，你心中一定有事。"

石萍又喝了一杯酒，没出声，仍只是笑了笑说："没事，真的没事，我只是觉得不好玩，才来找你嘛。"

刘大柱听她这么说，又喝了酒，他一把抓住石萍的手，说："石萍，你是不是觉得一个人很寂寞，就想到我，是不是想我了？"

石萍被他这一举动惊呆了，她赶忙将手抽出，脸羞得红红的，她低下头说："大柱，你别误会，我说的不是这个意思。我是说，在这深圳我们是老乡，是最好的朋友，所以不好玩时我就来找你了，你不介意吧？"

刘大柱虽然喝了酒，但他还是听出了石萍说这话的意思，他有点失望，更有点失落，先前所有的猜测错了，先前的高兴是在自作多情。他一直感觉到，石萍和他只有一种老乡情谊，除此之外，什么都没有。

石萍也深知，她说这话一定很打击他，他肯定一时接受不了，她端起酒，说："大柱，来，我敬你一杯，谢谢你一直以来对我的关心和照顾，我心里好感动的。"

刘大柱端起酒，和石萍碰杯后一饮而尽。

石萍说："其实，你人很好，我很喜欢你这样一个实在的人。"

刘大柱听石萍这样说，他脸上又出现了笑容，他说："石萍，你说的是心里话？我这个人没别的，就是能干活，就是实实在在。"

喝了好一阵后，已是凌晨三点钟了，刘大柱结了账后说："石萍，时间不早了，我送你回家吧。"

本来石萍不想回家，她还想回到刘大柱的租赁房，就是在他那儿坐一晚，也觉得安全，因为她怕老板不死心，再来纠缠她。可她见刘大柱喝得有些醉了,怕他因为喝了酒一时控制不住,对她有个什么就麻烦。她说:"行,明天我们都要上班,就早点回去休息吧。"

一路上,行人很少,仿佛此时的大街上就只有他俩,也许是喝了酒,刘大柱时而扶她,时而挽着她,她次次都想制止他,可她实在不忍再伤害他,让他失落,一个人在这么远的地方打工,那种孤独,那种无奈,她是深有体会的。

将石萍送到她的寝室门口后,刘大柱就回他的租赁房去了,石萍再三叮嘱道:"大柱,你路上一定要小心。"

第二天,餐馆里的领班小姐派人来叫石萍去算账,将她这个月的工资付给了她,说:"我也不知道什么原因,老板叫我给你工资,叫你走人,我真不明白,你怎么招惹他了?"

石萍感觉领班小姐的目光就像针一样刺着她,好像是她犯了什么不该犯的错误一样,其实领班小姐也知道为什么,只是不便说罢了。

领班小姐说:"你最好今天就搬走,把钥匙交到我这儿来,万一餐馆招到人了,人家好来住。说真的,我看你真是干活的好手,在这餐馆里你跑得最快,要是你还继续在这儿干,我还想给老板建议给你加工资的,可现在……"

石萍用哀求的口气说:"看在我们曾在一起干活的份上,那间小屋,我还暂时住两天吧,我大老远来这儿打工,一下子让我搬走,我就没住处了,等我找到活儿,再把钥匙交给你,你看行吗?"

不知她这番话说得可怜,还是领班小姐出了善心,她说:"好吧,你可要尽快哟!"

石萍没做解释,也没有感激,只苦笑了一下,接过钱就转身走了。她回到寝室里,留了一点点钱在身上,她认为其余的钱放在寝室里安全。她走了出去,但又不知应该去哪儿找活儿。尽管不知去哪儿找活儿,但还是得去找,她就在大街上转着,偶尔去卖衣服的摊点问问:"请问老板,你这儿还招人吗？"

有的老板没事时会回答她一声，有的正忙着，只看她一眼了事。她走了好一阵，问了好多摊主，都没找到活儿。她走累了，就在街边的一张椅子上坐下休息会。突然，路边的广告牌将石萍的目光吸引了，她好像一下子看到了希望。广告上说，有一所著名私立学校常年招聘英才。想她在老家就是教书的，说别的不行，要说教书还真是她的专长，而且也是她最爱的职业，她就按广告上的地址找去。

这私立学校看着很气派，校警对人也是客客气气的，石萍向校警打听："请问，你们这里在招聘教师么？"

校警说："我不知道。"

石萍说："明明是你们学校的广告上说的，你怎么说不知道呢？"

校警看了看她，说："那你进去问问吧。"

石萍沿着那宽宽的校园主道走了进去，好不容易才找到了行政楼，她就看见了一拨人，打头一个正在指导工作的，一看就是校长的派头。她几次想靠上去，校长正好调转了视线，旁边的人都跟着校长转圈圈，直接无视她这个大活人。

石萍也不气馁，在校长下一次视线转过来之前，站到了他的对面。

"你是谁，你站这儿干吗？"校长发问，一口标准的通话。

"我……我是来应聘的。"石萍有些怯场。

"我说张主任，不是说过了吗，我们不招民工了。工勤人员最低限度都要高职生，更不招女的。"校长说，正眼都没多看石萍一眼。

"女同志，听见了吗？请回吧。"张主任直接就把石萍给打发了。

石萍顿时觉得无比失落，刚才看见的希望转眼就没有了，她走出校门，又不知去哪儿。校警说："你是才来深圳的吧？"

石萍点了点头。

校警又说："我也是外地来这儿打工的，这样找活儿不好找，也很难找到的，你直接去劳务市场吧，在那儿找活儿肯定好找些。"

听校警这么一说，石萍似乎明白了，她打车向劳务市场赶去。当她在劳务市场里转了一圈，都没找到适合她干的活儿，她有些失望地走了出来。

3

石萍有些失望地走了出来，就看见一个五十多岁左右的干瘦老头，开着一辆面包车慢慢靠了过来。说道："搬运建渣，100元一个工，管午饭包接送，愿意干的上车走！"

石萍看了看他，看他好像也不什么坏人，而且还开着车，正当她还在犹豫不决，又看见有几个人走上前去，看得出他们也想去干这活，她也走上去问道："搬运建渣，我干得了不？"

干瘦老头也看出看他，笑了说："干得了，我们那儿好多跟你一样漂亮的女同志也在干呢。"

旁边也有人说："这么重的活，老板，怕是加点工资哦。"

干瘦老头说："我还要包吃包住，你们也是，还不知足，有好活儿你们怎么不去干，还来找我干啥？那这么着，一个工就130元吧。"

看到他松口了，有人也有意要去干，其中一个年轻人说："活儿这么重，少了150一个工，没人干。"

经过讨价还价，干瘦老头以一个工140元说定了，石萍觉得现在最要紧的就是要尽快找到活干。她就拉开五菱车的门跳将上去，别的民工也跟着上去了六七个，把个车厢塞得满满的。

这活儿哪是女人干的，肩挑手扛搬了一天建渣下来，石萍那个累啊！偏偏在回程的车上，刀疤头的手机响了。石萍虽然也跟另外几个工友一样，累得蜷在车里只有出气没有进气，耳朵却醒着，就听刀疤头对那边说："小意思，小意思，昨天承包了点搬建渣的活儿，说好4000块，除去成本，就赚了3000来块钱。"

不一会，车到了立交桥下，干瘦老头轻轻拍了拍石萍的肩膀："妹妹，我看你长得细皮嫩肉的，你可不是吃这个票子的料。有白领工，你做不做？"

石萍心里这一热，千里马常有，伯乐不常有。她就跟着他就去了市中心一幢大厦18楼的写字间。只见红男绿女进进出出、忙忙碌碌。她想：这才是她想要的生活嘛！填表、签署劳务合同，还写了一篇长达500字的自述，阐述了自己的职业理想。

干瘦老头看石萍高兴，说："你要去的公司可比这里强多了，在高新产业园呢！花园工厂，包吃包住，上下班车接车送。我们只是替他们招聘英才的小公司，这不，一会儿他们公司就来车接人呢。"

石萍心里很激动。

干瘦老头又说："我两缘分归缘分。不过办事还得按规矩来，市场经济就是有规则的游戏，公司要求交培训押金1200元，我给你争取了一个优惠额度，800元，这个钱三个月培训期满是要如数退还的。"

石萍一想，看看人家多体贴，为她想得多周到，可她身上哪有这么多钱，她说："对不起，我身上没这么多钱，只有400元，怎么办？"

干瘦老头看她真着急，看得出她身上肯定真没钱了，他说："这个，不好办哟，你没钱交，只能另外招人了。"

石萍说："我好不容易找到工作，求求你帮个忙，我现在就交400元，那400元，从我第一个月的工资里扣，你看行不行？"

干瘦老头笑了，他看了看这时屋里没人，他就上前抱住石萍一阵乱亲乱摸，说："那我就给帮你这个忙，可你要懂得起哟。"

石萍茫然了，她不知所措，要是不顺从他，这工作就没着落了，她用力推却推不开，他的手从衣服外伸进了里面，摸着她的乳房，让她欲挣脱不能，眼看他的手就要从她的裤腰伸进去了，她赶忙推开他的手，说："别这样，我求你了。"

干瘦老头正欲火中烧，哪里肯罢休，他说："你这工作还要不要？"

石萍没办法，她含着泪水放开了他的手，那手却得寸进尺地又慢慢地从她的裤腰往下伸进去，只听道有人大声吼道："你干什么，耍流氓呀？"

那刀疤头一听，转身就跑开。石萍睁开眼睛，一看是警察，她不好意思地低下头，哭了。

警察说："这哪里是什么公司，这一伙是骗子。你别怕，这里的人全部被我们抓了，跟我们回派出所。"

在派出所，石萍将所有的情况说了，最后在记录上签了字，她走出派出所时，想到自己的遭遇，大声地哭了起来……

第十七章

|

　　石萍回到寝室里，一阵失落，她在床上躺了半天，可总觉得这样躺着也不是办法，说什么也得找到活干，不然别说吃饭，就是落脚的地方也没有。她想去找刘大柱，把情况告诉他，可总觉得这是一件不光彩的事，让他知道了不好，还是先找活儿再说。

　　石萍起床，在一个面摊上吃了一碗面条，又继续找活儿。她走在繁华热闹的街道上，这时天已黑了，可街道上却灯火斑斓，她又一次感到了一阵眩晕，好像她一个月前刚来深圳的那种感觉，眼前的一切都变得那么陌生。

　　这时，石萍正好路过一家发廊，也许是女性出于对美发的敏感，她认真看了看，要是在家乡小镇，她肯定进去洗洗头、吹吹发什么的，可这是在深圳，高昂的价格只能让她望而生畏。这时，她看见门上贴着招聘服务员的启事，便走进店里。

　　一位时髦的女服务员迎上前来，问道："请问小姐，你是要洗头还是理发？"

　　石萍说："我不是来理发的，请问你们这店里是不是还在招服务员？"

　　那女服务员看了看她，笑着说："你是才来深圳的吧？"

　　石萍说："是的，所以我来找活干。"

女服务员把她带进了里面的一间办公室，说："这就是我们的老板娘。"

老板娘很年轻，看上去三十六七岁，给人的感觉很有气质，面相和善，只是看起人来有些怪怪的，总是目不转睛地盯着别人看，要说他是个男人还能理解，可女人看女人看得这么认真，就像审视一个人似的，从上到下好像都要看完一样。她看了好一阵后，问道："你是来应聘的？"

石萍说："是的，请问你们这店是不是还在招服务员？"

"服务员？"老板娘笑了说，"是的，你愿意来这儿当服务员？"

石萍说："是的，请问每月多少工资？"

老板娘说："我们是实行工资加提成，每月最少有五六千吧。"

"这么多呀？"石萍吃惊。

"是的，要看你怎么工作。有的人每月还能拿上万的工资哟。"老板娘说。

石萍说："好，那我就在这儿干了。"

老板娘说："那你今晚就上班吧，先熟悉这儿的工作。"

随后，老板娘叫来先前那位女服务员，向她交代了一番后，她将石萍带了出来，说："你现在先休息，有业务我再叫你。"

这时，有一个中年男子走进来，他一进来也不理发，而是直接上楼，随后一位女服务员跟了上去，石萍感到很不理解，她不知道楼上是干什么的。这时，楼上也时不时有男人出来。正当她疑惑时，进来一位中年男子，一位服务员走上去问道："先生，你是理发或是喝茶？"

那中年男子眼睛盯着石萍，问道："她是新来的吧？"

那位女服务员笑了说．"是的，她刚来。"

"那好，就让她陪我喝茶吧。"

那男子先上楼去了，有人叫石萍，快去楼上201包间，陪客人喝茶。石萍不解，她站着没动，老板娘走来说："你现在是这儿的服务员了，这儿的服务员就是陪客人喝茶，明白吗，陪开心了，还有小费。"

石萍想她是来做服务员的，按她的理解，服务员就是拖地、擦桌子什么的，哪有叫她去陪客人喝茶的，她觉得这当中有问题。她想走，但一看老板娘那凶巴巴的目光，她想如果现在走，肯定走不掉的，只好硬着头皮去了二楼 201 房间，那男人刚喝了酒，脸红红的，一看她来了，走过来就对她动手动脚，石萍推开他的手说："你干什么？"

那男人笑了说："你说我来这儿是干什么，放心，只要你把陪我开心了，我会给小费的。"

石萍说："请你放尊重点，我是来陪你喝茶的，可没别的哟。"

那男人从身上拿出几张 100 块的钞票，递给她说："我知道，在这里玩就得花钱，以前哪位不这样，没给小费时玩起别扭，给了小费后就玩得开心了。妹妹，你放心，只要你让我玩开心，小费嘛好说。先给你这些，到时再加。"

石萍终于明白了，这里招服务员其实是在招小姐，她不知如何是好，只有想办法脱身。她将钱递回去说："先生，先别谈钱，谈起钱呀，就不亲热了，先喝茶聊天吧。"

那男人听她这一说，笑了，说："我一来就看你跟她们不一样，果真让我选对了。"

石萍端起茶说："来，我们以茶代酒，碰杯！"

那男人也端起酒与她碰杯，可让她没想到的是，那男人却突然站起来，走过来就将她抱住，她使力推，可哪里推得开呢？石萍无计可施，只得说："有人来了。"

那男人放开她，她趁机站起来开门跑出去了，她跑下楼，趁没有人注意跑出了店，打车回寝室去了。

2

石萍回到寝室里才感到一阵后怕，她赶忙关上门，大大地松了口气。

她这才明白，那家发廊其实是一间暗娼店，发廊外确实是理发的，里面就几张沙发和几把转椅，理发的工具，就象征性地摆着几把吹风机，那都是幌子，是挂羊头卖狗肉。

第二天，经过激烈的思想斗争，石萍决定还是去建筑工地上找刘大柱，无论如何也得把这事告诉他。刘大柱正在干活，看见石萍来了，他赶忙走了过来，问道："石萍，你今天怎么不上班，来我这儿玩，有事？"

石萍说："大柱，我不想在那餐馆干了。"

刘大柱问："为什么，你干得好好的，为什么不干了呢？"

石萍说："没什么，我就是不想在那儿干了。"

刘大柱说："你不干了，又打算去哪儿干呢？"

石萍说："我也不知道。"

刘大柱说："石萍，你还是回去上班，餐馆也很适合你的，再说现在又去哪儿找活干呢？"

石萍被他说得不知如何是好，她实在忍不住了，眼睛里含着泪花，终于鼓起勇气说："那餐馆老板，不是人……"

刘大柱一听说："什么，老板欺负你？"

石萍点了点头，说："是的，就是昨晚，他喝了酒，来我的寝室，他就……"

刘大柱脸都气青了，他握紧了拳头，说："走，我找他去，不能就这样算了。"

石萍说："算了，再说……他也没把我怎么样。"

路过的工友听后也劝道："大柱，算了，现在这种事多着呢。"

刘大柱说："你先去那边工棚里坐坐，到时再去找个活干就是了。"

那工友说："对了，前几天我听说有一家服装店好像还要招服务员，你们去问，看招到人没有？"

石萍说："真的呀？"

"当然是真的。只是我要上班，一会儿你们自己去问，就是步行街靠电影院那家，好像叫'靓丽'服装店，我上班去了。"

一会儿，刘大柱换下工作服，在水龙头下洗了洗脸，带着石萍去到步行街上的那家服装店里，问老板还要不要服务员，并向老板介绍了石萍。老板是个三十多岁的女人，她认真看了看石萍，满意地点头，说："行，包吃包住，每月给你 2500 元，你看行不行？"

石萍说："行，我一定会好好干的。"

随后，刘大柱帮石萍把东西搬到新的住处，他安慰她说："石萍，那事你就别放在心上，现在一切都过去了，好好干吧，我会时常来看你的。"

石萍望着刘大柱，微笑着点了点头。她来深圳后多亏遇到了刘大柱，不然她不知怎么在这儿生存下去，外面的世界虽然精彩，但对于她这样的打工妹来说，真是看不透将来还会发生什么，还会遇到什么样的困难，只要刘大柱在，她似乎什么都不怕了。

刘大柱深知石萍的不容易，出来时差点被骗子骗去，好不容易在餐馆找到工作，又发生这样的事，她可是第一次来这么远，她能承受得了这些打击吗？还好，有他在这里，要不然不知她还会发生些什么？既然这样，他得多关心她，让她慢慢地学会在城市里生活，懂得去保护自己。

晚上吃了晚饭，刘大柱去到石萍的服装店看她，没顾客来问价和买衣服时，她也亲热地陪他说说话。说话中，他感觉到了她对他的依赖，他更是从心里把她当成知己。说真的，在这异乡的城市，身边能有这么一个人，也是他心灵的慰藉。

刘大柱说："石萍，你这工作也很好的，不出力，只磨嘴皮，多轻松呀！"

石萍笑了，看得出她对这工作也比较满意，她说："大柱，你每次都说我的工作轻松，难道你的工作真的很累？"

刘大柱笑了说："当然累，也习惯了，一个大男人总不能像你这样，专干不出力的活儿吧？"

这时有客人来了，石萍又去招呼客人了，刘大柱就在店里等，终于等到她关门下班的时间，她关上门，和他去逛街了。

3

　　也许这时太晚，街道上的人很稀少，大多是情侣。他们也像一对情侣，但又不像，只是并排走着，没有亲密的动作。车辆从身边呼啸而过，偶尔一声汽笛声，把他们吓一大跳。不知不觉中他们来到一处公车站台，似乎是走累了，他们便坐在凳子上休息，看着来回穿梭的车辆。石萍好几次想流泪，抬头仰望星空，又把泪水往肚子里咽了。天空没有月亮也没有星星，一片漆黑。还好，还有路灯在散发着光芒，街边还有一些摆地摊的小贩在收拾东西，已经很晚了，收拾好就可以回家了。

　　刘大柱问道："石萍，你怎么了，看你不太高兴？"

　　石萍说："我可能是想家了。"

　　刘大柱说："我才出来的时候，也像你这样，老是想家，有时想起家就想哭。后来慢慢地就习惯了，也就不怎么想家了。石萍，你是第一次出门，离家这么远，肯定想家的，这是人之常情，慢慢地就好了。"

　　石萍听刘大柱这么说，她更想哭了，她觉得在外面打工太艰难了，她还是很留恋教书的工作，可那已成了过去。现在想来，那是她人生中多美好的一段时光，就像她上学时一样，让她一想起心里就充满着温暖。

　　石萍说："现在想来，我在学校教书的工作多好呀！"

　　刘大柱吃惊地问："哎，看不出，你还当过老师？"

　　石萍有些得意，更有些高兴地说："是的，我在村小学教了两年书，我所教的班，每次考试成绩，都位居全镇前列。"

　　刘大柱说："那你怎么不教了呢，还出来打工，教书多好。我说石萍，你还是回去教书吧，那才是适合你干的工作。"

　　石萍低下头去，轻声说："我只是个代课教师，学校说要就要，说不要就不要我教了。"

刘大柱明白了，他笑了笑说："原来是这样，那就别想那事了，出来打工也很好的，你看有些公务员都辞职下海来深圳，有很多也发展得很好。当然，我们打工的，不能与他们相比，但只要能挣到钱就行，你说是不是？"

石萍听得出，刘大柱说这话是在安慰她，她说："是的，那都是过去的事了，不能再去想了。关键是现在，我既然出来就要好好干，更要挣到钱。"

他们走在返回的路上，大卡车从他们身边呼啸而过，吓得石萍差点摔倒，还是刘大柱手快，一把将她扶住了。石萍第一次感受到城市的孤独和浪漫，她真切地感觉到刘大柱的坚强、高大，更感受到他对她的关心和爱。

这时，他们经过一个电影院，看见有人在买票，刘大柱说："石萍，我们去看场电影吧？你看这么多人买票，电影肯定好看。"

石萍说："这么晚了，怎么还有电影呢？"

刘大柱说："这个电影院，每晚要放一场深夜电影，就是十点半放，几乎都是为那些摆摊坐店的人放的，因为他们忙碌了一天，看看电影轻松轻松嘛。"

石萍高兴地说："好呀，我们去看一场电影吧。我来这里这么久了，连电视都没有，人都变傻了，看看电影放松一下。"

刘大柱就去买票，买好票后，他们进去对号坐下。一会儿电影就开始了。电影是个爱情片，亲密戏很多，看得坐在他们前面的那对情侣紧紧地拥抱在一起。突然，刘大柱紧紧地拉住石萍的手，也许石萍也受了这种氛围的感染，她没有抽出手，而是任凭他抓着。

这时，石萍又想起了顾大川，不知他现在怎么样了呢？要是当初他同意和她一起私奔，现在和她坐在一起看电影的就不是刘大柱了，而是顾大川。她不知顾大川为什么这么自卑，她一点都不介意他是残疾人，他却不敢面对自己。她在来到深圳后的这段时间，经历了许多事，每次都是刘大柱在帮她，也许是出于一种依赖，渐渐地对刘大柱产生了好感。虽然她心中仍放不下顾大川，可那有什么办法，她已经做出了各种努力，他们都没能走到一起，或许这就是命中注定。现在，时间让她对顾大川的依恋变成一种牵挂了，只希望他能照顾好自己，过好他自己的生活。

此时，石萍发现，刘大柱没有心情看电影了，而是时不时回头看看她，她也时不时回头看着他，此时她的心里似乎充满着一种渴望，她想刘大柱还会有更大的动作，可刘大柱只是紧紧地握着她的手，再没别的了。

电影结束后，他们走出电影院，刘大柱问道："石萍，今晚的电影好看吗？"

石萍说："好看。"

刘大柱看了看石萍，说："石萍，今晚陪你看电影，你高兴吗？"

石萍说："高兴，我好久都没这么高兴了。"

随后，刘大柱就送石萍回去，石萍进了寝室后，刘大柱没像往常那样转身就走，而是跟了进来，石萍吃惊了，说："大柱，这么晚了，你还是早点回去休息吧。"

刘大柱走上前，抱着石萍就亲起来，他这突如其来的举动让石萍不知所措，她想拒绝，却没有拒绝的勇气，她想变被动为主动，更没有那种准备，只让他亲着抱着，慢慢的，他抱着她的手在她身上乱摸起来。说真的，她来深圳后多亏了刘大柱，虽然他只是一个在工地上干活的民工，但他为人正直、朴实，对她更是关爱有加，她说不上喜欢他，但他也成了她心灵的依靠。

刘大柱一阵亲一阵摸后，让一次次差点失身的石萍，也来了激情似的，她的血液在涌动，全身变得软绵绵的。正当她伸出手抱住他时，刘大柱突然放开了她，大声说："对不起，石萍！"

说罢他转身跑走了，弄得石萍不知所措，她一下瘫坐在床上，伤心地哭了。

从此，刘大柱没事时就来看她，陪她说说话，她有什么高兴的事也第一个对他说。那天晚上，刘大柱又沿着步行街走到石萍打工的那个服装店，服装店里有两名顾客在挑选衣服，石萍正在和他们讲价，她看见刘大柱来了，示意他等会，他只好站在一旁看着。

顾客说："这件衣服我只出200元，多了我不要。"

石萍说："这是名牌哟，原价600多的，现在是厂方打折，你看，这么着，400元你买去。"

顾客说："不要，200元，多了我不要了。"

石萍说，"那这么着，打对半300元，行不？"

顾客摇了摇头。

石萍说："那就算了。"

那顾客嘴上说不要，却没有转身走，石萍明白他想要这件衣服，就不出声了。

石萍又说："打折是最低价了，300元你要就拿去，不要就算了。"

顾客又看了看，想了想，终于以300元买走了这件衣服。

刘大柱看了这一幕，眼睛一亮，对石萍更加另眼相看，没想到她这么快就适应这种工作，而且还对这买卖中的细节搞得这么熟悉，对顾客的购买心理搞得这么透，不简单。

刘大柱说："石萍，你怎么一分钱也不少呢？"

石萍说："这个顾客一进门，我看他就是真心买衣服的，所以只要他看上适合的，多少钱他都会买的。"

刘大柱说："你真拿得这么准？"

石萍笑了笑，说："当然，这是老板教的经验嘛。"

刘大柱说："你卖不卖，卖多卖少，每月老板给你的工资都是一样的，你何必这么卖力？"

石萍说："那才不一样呢，衣服价格卖高点有提成的，卖多了就有奖金。"

刘大柱笑了："哦，我明白了。"

第十八章

|

那天，师傅把顾大川叫去，他弄了几个菜，也准备了一瓶好酒，师徒俩慢慢地喝起来。师傅说："大川，这理发手艺你也学到手了，我这辈子再也没有遗憾了，因为能有人把我这手艺传下去了。来，师傅敬你一杯！"

顾大川听师傅这样说，有点受宠若惊，但他不知道师傅说这话的意思，也许是师傅老了，又喝了点酒，所以说起话就有些伤感。他端起酒说："师傅，这酒应该我敬你，谢谢师傅看得起我，给了我这门手艺，我一定好好干下去。"

他们碰杯后，就一饮而尽。

师傅说："大川，这理发的手艺我也干了整整五十年了，现在我老了，我那在广东打工的儿子、儿媳，不放心我一个人在家，万一生个病，怎么办？"

顾大川说："师傅，这没什么，你儿子不在家还有我，一日为师终身为父，我会好好孝敬你的。"

两人边喝酒边说话，师傅不停地给顾大川碗里夹菜，叫他多吃点，顾大川说："师傅，你多吃点，我自己来。"

师傅说："大川，想来想去，我还是决定去广东我儿子那儿，一来我也想去广东看看，二来也可以去享享福了，因为我毕竟苦了大辈子，也可以安心过下晚年生活了。"

顾大川听师傅这么一说，也不好再说什么了，他知道自己对师傅再好，也不能代替他们父子之情，他端起酒又与师傅碰杯后说："好吧，师傅，你这样说，我就不再劝你了，你也该去享享福了。"

师傅说："大川，我走后，这理发店就给你管理，只要你给我看管好就行了。"

顾大川想了想说："师傅，那每月我给你租金嘛。"

师傅生气了，说："大川，你说这话就不对了，我走了如果你不帮我看管，我还需要锁着。再说，你我师徒一场，你先说过，一日为师，终身为父，我早就把你当我儿子一样看待了，你说我还会要你租金吗？"

顾大川说："好吧，师傅，那我先谢谢师傅了。"

过了几天，师傅去广东了，顾大川就在他的理发店里理发了。这理发店没有任何招牌，店堂内十分简陋，新买的两把可转动的木质坐椅"吱嘎吱嘎"响，一洗头槽，一块咸肥皂，剃头刀仍是手动的。顾大川把墙上那个破镜子和有些发黄的烂竹椅换了，重新打扫了下。简陋的理发店，经过顾大川的打扫，仿佛又变了一个样，像人洗了一次脸一样。他还弄来几张美女画贴在墙上，这让古朴的理发店里，又多了些现代气息。每天顾大川就早早地开门，升起小火炉，用毛巾将推剪、条剪和剃胡刀等工具擦得干干净净的。有人路过时，他总是和他打招呼："哎，进来坐坐嘛。"

"大川，你这店好像变了个样哟！"

顾大川笑了说："变啥哟，还是跟原来一样。"

"你看看墙上的美女，多漂亮呀。跟你师傅不同，他就喜欢喝酒，你人年轻，肯定喜欢美女了，对吧？"

顾大川被笑得有点不好意思了，他说："啥美女哟，像我这样一个残疾人，哪有美女喜欢我呢？"

"看你师傅,腿跟你一样,走路一拐一拐的,他不是照样找到老婆了吗?你师母当年嫁过来时,还算个美女,谁都说她是鲜花插在牛粪上,可人家就愿意嫁给他。你说,你学到了这门手艺,还怕找不上老婆么?"

顾大川吃惊地问:"真的呀?"

"当然。在那个年头,因为你师傅有个手艺,比起一般的人家要好得多。在那时,女人嫁人不图别的,只要能填饱肚子就行,你师母不嫌他是瘸子,就嫁给了他。"

顾大川说:"现在不同了,哪家还吃不起饭呢?就是嫁人也要嫁有车有房的,何况我是个瘸子。"

凡有理发的客人他总是笑呵呵的,如果客人不忙,他就陪客人说说话,如果人家要忙,他就忙着理发。不管客人要剪啥发型,他都能在10分钟完成剃剪的全套程序。

2

有一天,一个喝醉酒的人来理发,他要剃平头,顾大川按他说的发型帮他剃,也许是他喝了酒,坐在椅子上坐不稳,时不时晃动一下。剪好头发,顾大川又给他修面,这时那人又晃动了一下,脸被剃刀划出了轻微的血痕。为此,对方不但要顾大川付医药费,还要他赔偿损失费。

顾大川说什么也不愿赔偿损失费,他觉得这不全怪他,是他喝了酒才造成的,再说这也不是好严重的伤,只是一点轻微的血痕,他已经付了医药费就行了,还要赔偿损失费,他说:"这么一点点血痕,我给你付了医药费,还要赔偿损失费,到底你损失什么了?"

那人说:"我好好的人来你这儿理发,你却给我弄出一条口子来,你说痛不痛?"

顾大川说:"是你自己喝了酒没坐好,才被划到的。"

那人越说越生气，说："你不给我理发，我能被划伤吗？"

两人越吵越凶，没办法，只能闹到村长那儿，村长先是把他们批评了一顿，最后叫顾大川给他赔个不是了事。村长说："顾大川，我不知怎么说你，你干事认真，这是没得说的。我就搞不明白，你不管干啥事，总要惹来些麻烦，这是为什么呢？"

顾大川只听村长说，他却没有出声，他知道村长还在为他得罪了镇领导而不高兴，村长想说就说吧，只要说了他心里舒服就行了。

不知是顾大川人缘好，还是他理发的手艺好，有时来这儿理发的人很多，他仍不慌不忙。尽管等着理发的人很多，他们不催他，大家说说笑笑，时间也就过去了。

理发的人走后，顾大川也坐在椅子上喝口茶，休息休息，在别人眼里理发活儿轻松不累，实际上还是很累的。过了一会儿，有一个叫吴英的女人抱着一岁多的孩子来请他理发，说："大川，请你给我儿子剪一下。"

顾大川知道给孩子理发要特别小心，他叫她抱好，他就给孩子小心翼翼地理发，可孩子不但不听他使唤，还乱动和大声哭起来。没办法，顾大川就停下来帮着哄，吴英尴尬地笑笑说："孩子出生时他爸回来过，现在孩子都一岁多了，他却从没回来过，等他下次回来，孩子都会叫爸爸了。"

顾大川说："他在哪儿打工呢？"

"他在深圳，我叫他别走这么远，他偏不信，好像深圳出黄金似的。"

"是的，在深圳打工钱挣得多些嘛。"

"钱找得再多也没用。"

顾大川听出了她是在抱怨男人，他不知怎么安慰她，只认真给孩子剪头。剪好后，他打水给孩子洗了头，再用干毛巾给他擦干。吴英看他对孩子这么认真，十分感动，从此也成了店里的常客。

3

刘大柱干活的建筑工地主体工程完工了，剩下的是技术工的活儿了。他又得重新找活干，又去哪儿找呢？他到处找活儿无果后，又去到石萍的服装店。

石萍问道："哎，大柱，你今天怎么不上班，来我这儿有事？"

刘大柱说："我今天没事，来看看你。"

石萍说："那你怎么不上班？"

刘大柱想了想，看了看石萍，轻声地说："我……现在没班上了，那个建筑工地完工了，又得去找活干。"

石萍听后，有些担心起来："那你打算怎么办？"

"怎么办？"他轻轻地叹息了一声，"要是找不到适合的工作，我就只有回老家了。"

石萍说："你先去找找嘛。"

刘大柱说："好的，我会去找的。"

石萍说："你先别急，慢慢找。我想凭你的力气，一定能找到活儿的。"

刘大柱笑了，显得不以为然的样子，说："没什么，找不到活儿我就回老家。"

石萍说："大柱，你千万别想回老家，在这里我没有熟人，你回家了，我怎么办？"

刘大柱说："你是怕又被骗呀？"

石萍也笑了笑说："是呀，差点被骗，现在想来就害怕。"

刘大柱在外面吃了点东西，没事逛了一下街，往日上班时总觉得整天很忙，心想要是有空，就去街上好好玩玩。可现在真没班上了，本来可以好好逛街，他却没心思逛街了，而是总想着找到活干。可活儿哪是那么好找的，他在附近的一些工地和工厂都问了，都说现在不要人了。他就回到租赁房里睡觉，还没睡着，便听见有人敲门，他问道："谁呀？"

石萍说："我，石萍。"

刘大柱开门叫石萍进来坐，问道："石萍，你怎么来了，你不上班吗？"

石萍有些生气地说："我找你有事，我刚和老板吵了一架，我不再去上班了。"

刘大柱一听吃惊了，他不知道又出什么事了，问道："出什么事了？"

石萍愣了愣，好像一时说不清楚似的，刘大柱赶忙给她倒了一杯水，说："别急，先喝点水，有什么事慢慢说。"

石萍喝了一口水，缓和了一下情绪说："是这样的，今天上午有一个顾客来买衣服，她挑选好衣服，准备付钱时，发现手提包里的钱不见了，她说是在这里试衣服时，提包放在外面，有人把钱拿走了。"

刘大柱问："后来呢？"

石萍说："那会儿店里没有其他人进来，只有我一个人在，她就说是我拿了她的钱。"

刘大柱没出声，认真地听着。

石萍继续说："我再三解释我没拿，她不信，硬说是我拿的，说要我赔，后来老板来了，老板也相信是我拿了的。"

刘大柱问："到底好多钱呢？"

石萍说："她说她包里有 1000 元。"

刘大柱说："那后来……怎么着？"

石萍说："怎么着，那顾客打电话叫了好多人来，在店里大闹，说不赔就砸门市，最后顾客又叫来警察，警察也说有可能是我拿了的，老板只好赔了。"

刘大柱说："既然是老板赔了，那有你什么事呢？"

石萍更激动了，她又喝了一口水，说："顾客走了后，老板狠狠地批评我，好像真是我拿了一样，还说从我这个月的工资里扣。你说，我能接受吗？"

刘大柱说:"这也太欺负人,走,我去找你的老板。"

石萍一把拉住他,说:"算了,多一事不如少一事,你以为你找老板有用吗,没用的。"

刘大柱也气愤地说:"那怎么办?"

石萍也冷静了下来说:"算了,有理又哪儿说去,我只好走了,不干了,另外去找工作!"

刘大柱想了想,又问:"那你不干了,又去哪儿找活干呢?"

石萍说:"我就不信,除了在她那儿干,我就找不到活儿了!"

刘大柱说:"石萍,你先在我这租赁房里休息,我下午去一个镇上找活儿,等我找到,再帮你找,你看怎么样?"

石萍点了点头说:"好吧,只能这样了,现在我没班上,连住处都没有了。"

刘大柱深知出门打工的不容易,也明白石萍的心情,就尽力安慰她。其实,石萍也明白在城市里待下去真的太艰难,但她也因此变得很坚强,把这一切看成平常事,这儿没活干了,再去别的地方找就是。

刘大柱和石萍去到外面的小饭馆吃饭,老板拿来菜单,刘大柱叫石萍点菜,她说:"你点吧,随便点两个菜吃饱就行。"

刘大柱见石萍不点,就自己点了,他边点边说:"哎,我说石萍,不管上不上班,饭要吃,而且还要吃好。"

石萍说:"大柱,别点多了,吃不完浪费,出门在外还是节约点好!"

不一会,菜就端了上来,刘大柱还要了几瓶啤酒,石萍说:"大柱,现在我们都没班上了,你还有心情喝酒呀?"

刘大柱说:"哎,石萍,你怎么老是担心这个呢?等会吃饱喝足后,我就去找活儿,我们有手有脚的,还怕找不到活干?别想这么多了,来,我们喝酒。"

一般情况下，石萍很少喝酒，这时她却端起刘大柱给她倒上的酒，一口喝干了。她觉得大柱说得没错，只要认真找，还是能找到活干的。她说："大柱，平时我不喝酒，今天看你高兴，我就陪你喝几杯。"

不知是因为有石萍陪着，还是刘大柱今天心里确实高兴，他一杯接一杯地喝，可石萍却没这么大的酒量，每次碰杯后她只喝一点点，不想让他因此扫兴。

喝了好几瓶后，刘大柱还想开酒，石萍说："大柱，你还是少喝点，酒喝多了伤身体。再说，你过会儿还要出去找活儿，别喝了，等你找到活儿后，我俩再好好喝，为你庆贺吧！"

刘大柱听了石萍的劝，没再开酒了，他脸喝得红红的，但还是没醉。吃了饭，他把石萍送回他的租赁房，就去一个镇上找活儿了。最后，刘大柱在镇上的一家电子厂找了到活儿，他知道石萍肯定还在担心，第二天他就赶回来，高兴地说："石萍，我在一家电子厂找到活儿了。"

石萍也高兴地说："真的呀？大柱，你真行。"

刘大柱说："石萍，听说那家电子厂效益还不错，每月能挣3000多元，比起在建筑工地干活，可能要轻松得多。"

石萍说："这样更好，只是不知那电子厂还要人不？如果要人，我也想去那儿干。"

刘大柱说："是的，我也有这个意思。你还是和我一起，先去那厂里看看再说。"

石萍说："好吧，厂离这儿有多远呢？"

"不远，就在不远处的一个工业镇上。"

"好吧，我去看看，有适合我干的活儿，我就在那厂干，好和你在一起嘛！"

随后，他们找了辆摩托车，听说要到那个工业镇，摩托车司机说至少要十块钱，一分钱也不能少。刘大柱讨价了好一阵，才降到了八块。刘大柱先坐上去，再叫石萍上来坐在他身后，摩托才"突突突"地冒着黑烟，摇摇晃晃地朝着那工业镇驶去。

到了镇上，刘大柱去到光华电子厂，骑摩托车的人要再加5元钱。车最后终于停在一排气派的厂房前面，刘大柱指着一栋房子的三楼，告诉石萍他就在里面上班。

石萍去厂里看了看，感觉还可以，她想在这里上班。当天晚上，刘大柱带着石萍找电子厂唐主管帮忙，总不能白帮忙，说什么也得请他喝几杯。

他们说明来意后，唐主管喝着酒，一副很难为情的样子。唐主管说现在厂里管得很严，不能随便介绍人进来，昨天刘大柱来时，因为正好厂里走了一名工人，所以他顺利进了厂。现在人满了，再进人就难了。前几天人事部的经理还骂了他，说他介绍的人太多，有的人进来了又不好好干，有的人才干了几天就跑了。

"我不会干几天就跑的。"石萍说着，怯怯地望着唐主管，她有点害怕眼前这个人。他看上去有三十多岁了，虽然戴着眼镜，但总觉得他那目光有点那个，究竟"那个"是什么，她也说不清，总觉得那是一种让女孩子害怕的目光。

刘大柱也说："唐主管，请你一定得帮这个忙，来，我敬你一杯！"

唐主管端起酒喝了，他看着石萍，好像她很好看似的。听人说，唐主管是大学生呢，大学生，这三个字一直是石萍心中的梦想，她还是第一次见到大学生。

"我会好好干的。"石萍又补充道。

"每个人进来时都会这么说。过一段时间就露出老底了。"唐主管喝了一杯啤酒，盯着石萍。

"石萍是我的老乡，教过书，有文化，人又很能干，这个忙不帮还帮谁？"

"可人事部那里，我不好交代。"唐主管依旧没松口。

"这些规矩我还是懂得的，这是 500 元。"刘大柱说着，便从口袋里掏出了一个红包，递给了唐主管。

"那好吧，我尽力帮帮嘛！"唐主管接过红包，微笑着拍着胸膛。

吃罢饭，回出租屋的路上，石萍对刘大柱说，我这里只有 100 元钱了，先还你吧，其余的，等我上班领了工资后再还你。

刘大柱挡住石萍的手，说："你放着，哪还要你的钱呢？"

石萍说："大柱，来找活干还要钱呀？"

刘大柱笑了说："当然，不然他肯帮你吗？"

"那你昨天来，也给了钱的么？"

"肯定给了他钱的，不然我能进得了这厂吗？石萍，你想想，现在出来打工的人这么多，他要哪个不是要，你说是不是？"

石萍明白了，她说："我没想到找工作还要给钱，想不到这个家伙谁的钱都要收，要不是你事先准备好，这事可能就黄了。"

当天晚上，石萍想回去，刘大柱说："你还要等唐主管的答复，如果回去了，明天又来多麻烦，不如今晚就在这住？"

石萍为难了说："我住哪儿呢？"

刘大柱说："你就睡我这床，我去睡那张空床。反正我们出门在外，将就将就吧，你看行不？"

石萍觉得这样也行，虽然屋里住着另外几个人，但有刘大柱在，她啥也不用怕。晚上，她睡在刘大柱的床上，刘大柱就睡在屋里另一张床上。石萍怎么也睡不着，屋里的灯一熄，就什么也看不见了。整个房子就在门口开了一个极小的窗户，一点气也不透。她想，如果不是那个刚好能够伸出一个脑袋的窗户，这么多人挤在一起，不闷死才怪呢。

石萍胡乱地想着，慢慢地进入了梦乡，这一觉她一直睡到了天亮。可第二天，唐主管回话说："对不起，我问了老板，说不要人了，我也尽力了。"

石萍说："那我给你的红包？"

　　刘大柱赶忙打断她的话说："哎，石萍，不说这事了，这个就当给唐主管买包烟抽吧，谢谢唐主管了。"

　　唐主管笑了说："好的，以后有机会，我就通知你来上班，"

第十九章

|

第二天，石萍在街上逛着，她十分留意那些广告和宣传单，无意中她看到了一张地方小报，她拿起小报看了看，上面有一则招聘广告，说有家公司要招聘业务员，条件只有一条：20—30岁之间的女性，其他的什么也没有。她看着这则广告，心想反正自己现在没找到工作，何不去那公司试试呢？

于是，石萍将自己精心打扮了一番，去了那家公司的招聘处。这家公司不大，办公室是一座面积不算太大的四层小楼，楼前有一个小广场，广场前面就是大门，其他的什么也没有，整个院里只有大门口的一个老头在看门，连个保安都没有。

石萍走进了办公楼的一楼大厅，进门后有一位年轻女士走过来，问她："小姐，您好，您是来应聘的吧？"

石萍点了点头说："是的，听说你们公司要招聘业务员，我想试试看，不知在哪里报名？"

那位年轻女士笑了笑说："对不起，小姐，招聘处在四楼，招聘处的人正在开会，如果您不着急的话可以在这里等等，或者直接去四楼等也可以，现在你先在我这里做一下登记，我去帮你通报一声，等招聘处的人开完会后就通知您去面试。"

石萍看着这个长得很漂亮的年轻女士，说："那好吧，我先登记，然后就在这里等着吧。"

说完她就来到吧台前，填了一份应聘登记表交给了那位年轻女士，然后就坐在大厅里的沙发上等着。

过了很长时间，石萍仍没有看到有人来通知她。又过了一会儿，只听吧台里另一位年轻女士喊："兰姐，你的电话。"

那位接待石萍的年轻女士接完电话后对石萍说："小姐，招聘处的陈经理要您到四楼去，他要对您进行面试。"

石萍听了对她说了声："谢谢！"

石萍心里好紧张，她还从没经历过这种面试，她给自己打气，她是教过书的，站在讲台上面对这么多学生都不怕，还怕这么一个经理面试吗？那次镇小学的校长还来听了她讲课，她仍像没事一样，课不照样上得很好吗？

石萍来到了四楼招聘办公室，敲了敲门，里面传来一个男人的声音："请进。"

石萍轻轻推开门走了进去，她发现办公室里只有一个年轻男人坐在办公桌后面，他看了看她，指了指前面的一把椅子说："坐吧。"

石萍向那个男人点了点头，坐在了那把椅子上。她对那个男人很有礼貌地说："您好，您是陈经理吧，我是来应聘的。"

"请问你的应聘材料呢？"

石萍不懂，问道："还要材料，啥材料呢？"

陈经理看了看她，觉得她有气质，凭他的感觉，她很有发展潜力，他说："看来，你是第一次来应聘的，对吧？"

石萍说："是的，如有什么问题您尽管问吧，我会一一回答的。"

陈经理说："你是什么文凭？"

"初中。"

"初中毕业后干什么工作？"

"在学校教书。"

"你当过教师？"陈经理好像不相信，就盯着她看，石萍被他看得很不自在，她不由自主地移开视线，转过头看向别的地方。这时她突然注意到她坐的沙发旁，茶几上的烟灰缸里有烟头，面试结束后，她主动把那烟灰缸拿去外面的卫生间洗了，拿回来放在茶几上。没想到这一小小的举动，感动了陈经理，石萍就这样被录用了。

2

那天，公司公关部经理王小兰主持召开会议，安排部署公司最近下达计划方案。王经理说："我们拿到了美妍化妆品公司总代理权，这是才开发出的新产品，公司要求要尽快联系到各地代理商。全体业务员，要立即奔扑各地，发挥自己的特长，更是通过自己的一切关系，不管是死搅也好，蛮缠也罢，只要能把产品销售出去就行。"

石萍刚来，对王经理说的话感到一头雾水，更不知如何才能完成任务。她终于知道，这个公关部实际上就是销售部，就是把公司总代理的商品销售出去。

王经理继续说："我不听虚报数字，我要看实际效果。不然，这个销售任务是很难完成的。"

石萍没想到，这个看似温柔漂亮的王经理，在会上说话却这么有气场，更有一种十分强硬的态度，石萍觉得先前是小看她了，没想到她还这么有本事，以后得多向她学习。

王经理的话一说完，有个男销售员立马变得愁眉苦脸的，他说："王经理，我啥关系也没有，怎么个销法，而且任务这么重，完不成怎么办？"

王经理笑了说:"你想想办法,天底下只有不去办的事,而没有办不成的事。因为我们是干这个工作的。你说,完不成就等于工作没做好,一个工作都干不好的人,你说公司会怎样处理?"

那人再也不出声了,只有几个女销售员摆出满不在乎的样子,好像她们心中早有办法或者早有目标。其中一个女销售员问道:"王经理,完不成任务要扣工资,那如果我超额完成任务呢,有奖金吗?"

王经理十分肯定地回答:"有惩就有奖,只要你们超额完成了,超多少就按比例奖励,而且还能升职,公司一贯是奖惩分明。"

这次会后,大家都出去跑业务了,争取能早日完成销售任务。王经理在会上反复强调完成的有奖,完不成任务的要扣工资,这既是一种制度,也是一种鞭策机制,看来还是很有效果的。

石萍见大家都出去跑业务了,她也必须出去跑跑。可她刚来,人生地不熟又能去哪儿联系呢?她虽然对这里的情况不熟悉,也没有固定的客户,但她想先到街上那些化妆品店去试试。

当石萍来到一家化妆品店里,售货的服务员赶忙迎上来问道:"你是要买化妆品呀?我们店里品种齐全,而且价格便宜。"

石萍说:"好,我看看。"

她认真地看了看这家店,摆放着各种各样的化妆品,国内国外的真是应有尽有,但她看了好一阵后,却没看见他们公司的美妍化妆品,她问道:"你这里有美妍化妆品吗?"

服务员说:没有,头其他的嘛。有国外产品也有国内产品,都是名牌哟,你是自己用还是买来送朋友?"

石萍笑了说:"我不是买化妆品,我是来销售化妆品的。"

服务员笑了说:"你是来销售化妆品的?"

石萍说"是的,我是美妍化妆品公司销售部的。哎,我想问一下你们这店国外国内的化妆品都有,为什么没我们本地生产的美妍牌化妆品呢？"

那服务员见石萍不是来买化妆品的，她的态度就来个180度的大转弯，不理她了，转身过去迎接别的客人了，石萍只好走出这家化妆品店。

石萍去到对面的那条街，终于又找到一家化妆品店，这家店没那个店大，但里面的化妆品品种很多，同样没他们公司生产的化妆品，还好这店没请服务员，就是老板本人在，她问道："老板，你这店里有美妍牌化妆品吗？"

老板是个四十多岁的男人，他摇头说："没有，你选其他的化妆品嘛，质量肯定跟美妍牌化妆品差不多，但价格却便宜很多。"

石萍说："那你们怎么不去联系点美妍化妆品来卖呢？"

老板似乎看出了她是搞销售的，凭他的经验判断，她可能是才出来干这个的，对这销售行业还不熟，他笑了说："一般我们店里不销售这个，你是搞销售的吧？"

石萍说："是的，我是才应聘来美妍化妆品公司销售部的，那你准备进多少来销售？"

老板看了看石萍，觉得她年轻又漂亮，听她说话的口音就知道她是外地来打工的，他想了想说："这样，你把你的电话留给我，我想好了再和你联系。"

石萍觉得这她真遇到好人了，出来这谈第一笔生意就快谈成了。她便爽快地把她的电话告诉了他，说："好的。我叫石萍，请问老板你贵姓？"

老板说："我姓张，我比你大，你就叫我张哥吧。"

石萍说："好的，我等你的回信。"

有一天晚上，石萍在公司伙食团吃了饭，刚回到租赁房，就接到一个电话，说："你是石萍吗？"

石萍："是的，你是哪位？"

"我呀，就是你来上次来联系的化妆品店的老板张哥，你记不得我了？"

　　石萍听后，她一下就想起来了，这几天她一直在等他的电话，心想早点把这笔生意谈成，好拿回订单，也证明一下她的能力。她赶忙说："你是不是决定销售我们公司的化妆品了？"

　　"是的，我有这个想法。你出来吧，我们还得具体谈一下。"

　　石萍按张老板说的地址，在一家宾馆三楼的一间房里找到了他，看他已喝了酒，有些醉了似的，他见石萍来了说："坐吧，石美女，这几天我想了一下，决定帮你一把，准备进一些你们的产品来我店里销售。"

　　石萍一听，高兴地说："真的呀，这太好了，谢谢你张哥。"

　　这时，张老板关上了门后，走过去坐在石萍身边，对她动起手来，说："当然，我既然答应你要销售你们的产品，帮你完成销售任务，但你也得给我点好处？"

　　石萍赶忙坐开了点，说："你能销售我们的产品，我非常谢谢你。"

　　张老板又坐过去抱住她，说："只要你答应了我，我会帮你联系更多的店销售你们的产品，让你销售业绩更大，这也是这个行业中潜规则，明白吗？"

　　石萍这才明白，这个张老板以这个为条件，她好不容易谈到的第一笔生意，也不想就这么放弃了，但她绝不可能这样做。她使力推开他说："张老板，别这样，我们好好合作，互利互惠才是真。"

　　张老板哪里听得进她的话，他得寸进尺地亲她、抚摸她，还把她往床上推，石萍这才意识到事情的严重性，她又使力推他的手却推不开，眼看她快要被他推到床上了，她这下急了，"啪"地给他一耳光，他才松了手，她就趁机跑了出去。

　　这对石萍来说又是一次打击，没想到出去跑销售也这么难。但看着大家又出去联系客户了，石萍仍有些坐不住了，虽然她上次出去遇到色狼，但她想不可能每个人都是这样，这世上还是好人多。她也想出去跑一下，因为她刚来，要是第一个月都完不成销售任务，还怎么在这儿干下去？可她觉得压力很大，她才刚来，什么也不懂，更没有什么关系，又怎么去销售呢？

石萍突然想到王经理对她好像不错，是不是向她要一点客户的联系方式，也好让她有个切入点。王经理果真给了她一个笔记本，上面记着她所有客户的联系方式。石萍就在这些客户中随便选了一个，开始打电话，电话响了好一阵，对方没接，石萍想对方这时可能在忙，又打了另一个客户的电话，是某商场的业务经理，电话打通了，对方问道："你好，请问你有啥事？"

石萍说："你是洪经理吗？我是美妍妆品公司石萍。"

洪经理想了一下，说："你有事？"

石萍说："以前是王经理和你联系的业务，现在安排我来联系你，您看我们能不能再谈一下业务？"

洪经理说："这个……我们研究后再与你联系。"

说罢，她就挂断了电话，石萍没想到会是这个结果，不管怎么说也是合作单位，她怎么会是这种态度，难道她联系与王经理联系就不一样。这就怪了，与客户联系业务还得看人，凭关系？真让她不理解。

难道她联系的方式不对，太直接了？石萍看那些谈业务的人总是先攀关系，或者请人家吃饭，在酒桌上再谈业务，以前她很讨厌那些攀交情找关系的人，现在看来不去交往不行，不去应酬更不行，一个人改变不了这个社会，只能去适应才能生存。

于是，石萍又在笔记本上找到了离公司不远的一个客户的联系方式，她这次没有直接打电话，而是准备去公司找他。她走出办公室，准备去公共汽车站乘车，突然想起王经理曾经说过，与客户谈生意，得感情投入。她是第一次去拜访人家，说什么也得买点东西，最好的方式就是买点好烟、好酒。想到这儿，石萍便去到附近商场买了礼品。到了对方的公司后，石萍找到业务科，正好欧科长在，他问道："你找谁？"

石萍说："我找欧科长。"

他看了看石萍，一个美女，又看她手里提着烟和酒，他说："我就是，请问你是？"

石萍知道他平时是和王经理联系的，她赶忙说："我是王经理的同事，是美妍化妆品公司销售部的，我叫石萍。"

欧科长听说了王经理，又看她带来了礼品，认为她是个混圈子的人，至少懂得圈里面的规矩，便笑了说："请坐，哎，王经理怎么没来？"

石萍把礼品放在他桌上，就在沙发上坐下，她说："王经理最近工作忙，走不开，所以她叫我今天特地来找你，希望欧科长以后对我多多关照。"

欧科长笑了说："好，我给王经理打个电话，问候一下她，再忙也不能忘了老朋友嘛！"

说罢，欧科长便给王经理打电话，他说："王经理，小石说你忙，在忙什么样呢？再忙也得来抽时间看一下你的老朋友吧？"

王经理说："欧科长，我真的太忙了，公司最近事情多，有时间一定请你喝酒。"

欧科长说："你的同事石萍就在我办公室，你怎么不和她一起来，我们好像好久没在一起喝酒了？"

王经理笑了说："好，哪天我请你喝酒，你一定要来哟，到时别说没时间。一会呀，叫小石代我多敬你一杯酒嘛！"

欧科长挂了电话后，似乎对石萍的身份确定了，或者是因为证实了王经理和她是同事，而且他可能听出王经理和她关系不错，明显态度就不一样了，比先前见她时客气了许多。

石萍说："欧科长，快五一节了，不知你们公司能否订购我们的美妍化妆品发给职工，当劳保。"

欧科长想了一下，说："本来这事我要和劳资科商量后报总经理批准后才能定。不过，看在我们是长期合作单位，加上王经理也给我说了，叫我支持你一下，这样，这事我就做主了，订购一批你们公司的化妆品。"

石萍听他这么说，真的太高兴了，说真的，她今天出门时还真没想过一下子就能谈成。石萍明白，他是看王经理的面子，才这样爽快地答应的，她心里很感谢王经理，她是真心在帮她。

随后，石萍拿出订单，按欧科长订购的数量填好后，让欧科长在上面签字。欧科长签完字后，石萍拿着订单看了看，这么大的订购量，真是大客户呀，她这个月的销售任务靠这一个订单就超额完成了。

石萍说："时间不早了，欧科长，感谢你对我的关照，我请你出去喝几杯？"

欧科长看了看时间说："酒我就不喝了，我还有一个十分重要的应酬，订单签好了，你的任务也完成了。下次你把王经理叫来，我们一起再好好喝几杯？"

石萍听欧科长这样说，也不好再说什么，她说："好，那我下次把王经理叫来，我们一起请你喝酒，那谢谢欧科长了。你忙，我走了。"

欧科长把石萍送出门，他又回到他办公室去了，石萍乘车回到公司，把订单交给了王经理。

3

石萍刚来就跑成了一笔大业务，王经理非常高兴，她认为石萍是个人才，得好好培养，将来肯定会有大发展。由于石萍刚来，王经理叫石萍跟着她一起先出去跑跑，学一些跑销售的经验，再自己出去跑。下午，王经理早早去到汽车站把车票买好，可左等右等石萍还是没来，她真有点着急。眼看快两点了，她便跑去车站门口看，这下终于看见石萍来了。她十分着急地说："石萍，你怎么才来，都急死我了。"

石萍笑着说："不好意思，王经理，我因为对车站不熟，走错了地方，还好现在赶到了，还没迟到吧？"

王经理一看快到上车的时间了，赶忙叫石萍去检票，说："还没有迟到，正好，赶快上车。"

王经理和石萍上了车，由于是公共汽车，很久才有一班，所以人特别多，不光座位满了，过道上还站着一些人，显得十分拥挤。石萍看见一个小偷将手伸进别人的包里，她有点害怕，更不敢看那小偷，只能把目光移开，去看车厢里形形色色的人。

一个多小时后，汽车到站了，她们下了车，再打车去到那家公司。可那位分管采购的巫科长这时没在，办公室人员就叫她们等会再来。石萍有些生气了，明明她们在出门前和他联系好了的，他也说在公司办公室等，怎么却不在呢？但她还得忍住气，人家毕竟是大公司的科长，来找他联系业务的人多的是，他怎么会把她们放在眼里？再说，她们是来找他办事，又不是一定要他买她们的产品，所以就没当回事。

她们等了好半天后，巫科长终于回来了，她们说明来意后，巫科长似乎明白了什么，一下子变得十分客气起来说："请进，进来坐！"

他泡上茶，就聊起一些他公司准备要代理一些化妆品的事，但他却没明确说要代理哪种化妆品，也没说要代理哪个公司生产的，更没说要购买多少。

随后，她们请巫科长吃饭，巫科长也没推辞，他们就去到"两江大酒楼"，他们坐下后，巫科长从服务员手中接过菜单，主动点了菜。

菜端上来后，王经理还特意点了一瓶好酒，石萍赶忙倒上酒，大家就边喝边吃菜。王经理用试探的口气说："巫科长，我敬你一杯，感谢你今晚赏脸，我们公司总代理的化妆品，还得请你多多关照。"

巫科长端起酒杯后喝了一口，笑了说："王经理，我们喝酒不谈公事，这是现在不成文的规定哟。今晚，我完全是出于朋友的感情，放下了手中很重要的事情，来陪你们的，因为朋友难得聚在一起，喝酒聊天，何乐而不为呢？"

聪明的王经理马上站起来给巫科长倒上酒，她端起酒就敬他说："巫科长，我敬你，看你这么真心实意来陪我们吃饭，我们非常高兴，说什么我也得敬你一杯，你说是不是？今天我们不谈公事，只喝酒聊天。"

巫科长也显得十分豪爽，他说："来，干杯，你喝一半，我把这杯喝完，真是太高兴，干杯！"

也许是巫科长酒喝得高兴，他十分爽快地把这合同签了。这个合同一签下来，又是一笔大业务。由于这家公司下面有很多分公司，由他们代理的化妆品销量很大，石萍不但翻倍完成了任务，还领了奖金。石萍非常感谢王经理，她领了工资后，不但给王经理买了一些高档化妆品，还请她吃了饭，这让王经理非常高兴，她说她一定会在陈经理面前推荐她，让石萍来当这个公关部副经理。

石萍高兴地说："感谢王经理，我一定好好干的，会永远记住你是我的大恩人！"

石萍由于销售业绩突出，加上王经理的举荐，不久她就当上了公关部副经理。

4

也许是心情好，石萍吃了晚饭，便到街上走走。

这时的街道十分热闹，人们在街道上漫步说笑，让这白天生活节奏加快的城市，一下子变得轻松悠闲起来。那街上的叫卖声，讨价还价声与好听的音乐声交织在一起，让街道上充满着迷人的现代气息。

来深圳这么久了，石萍还没有真正像今天这样开心过，以前的深圳对她来说就像一个梦，现在感觉到她已来到了一个真实的深圳，仿佛也看到了一个真实的自己。不一会儿，她来到了园博园，沿着观鸟长廊走，徐徐的海风带来了丝丝的凉爽。放眼望去，青翠的草地，摇曳的椰树，相依而坐的情侣，高楼耸立的都市丽影，湛蓝的海水，飞翔的海鸥，海的那边，青山连绵。

石萍多想顾大川这时也来到深圳，与她一起散步，与她一起看这美景。可她好久都没有他的音信了，也不知他在家乡过得怎样呢？要不是他腿不好，他肯定也会和她一起来这里的，说不定凭他的聪明和勤劳，能比她发展得更好。

石萍在心里轻轻地说："大川，你还好吗？你在家里一定要照顾好自己哟。"

这时，石萍心里暖暖的，仿佛只要一想起顾大川，她心中就多了一种力量，一种心灵的依靠。

石萍在园博园中行走，寻找梦境中的那一份清幽，才发现，它一直停留在岁月中，不曾前行。在青翠的竹林曲径中散步，听着鸟鸣，听着风吹过竹林的声音，弯腰拾起那一片在初秋里飘落的叶。抬头望天，天空不再清蓝，正如自己的心灵。那些从身旁走过的脚步，熟悉的，陌生的，都将远去。

在园中转了一会，石萍就往回走。突然她听到有人叫她："石萍，石萍。"

石萍回过头去，认真看了看，她一下认出了是田庆，她有点不相信地说："田庆，是你呀？"

田庆高兴地说："石萍，真的是你吗？"

石萍笑了说："是我，你多久来深圳的？"

田庆叹息一声说："我来深圳三个月了，在一家建材公司跑业务，前不久被公司老板无故炒了。"

石萍真有点不相信，她吃惊地看了看他，他比以前瘦了，脸上显现出失意的表情，再也没有以前那种自信和开朗，她说："你是正式教师，有编制的，怎么来这里呀？"

田庆说："真是一言难尽。"

石萍说："这里不好混就回去嘛。"

田庆说："我是辞了工作走的，回不去了。"

石萍真不敢相信，当教师是她最爱的职业，能转成正式教师更是她做梦都想的，田庆好不容易通过考试转了正，却将工作辞了"下海"，她真不理解，她觉得因为他可能是相信别人说的，深圳遍地出黄金。可他哪里知道，深圳虽然发达，但对于一般的打工者来说，想在这里立足，真的太艰难了。

随后，他们去到一家餐厅，点了几个菜，要了几瓶啤酒，边喝边聊起来。石萍端起酒，与田庆碰杯后说："田庆，没想到在深圳碰上你，来，我敬你一杯！"

田庆碰杯后，将酒喝完，他说："石萍，你现在混得不错吧？"

石萍笑了，说："只是有个事干了，深圳不是人们想象的那样，想在这里干出一番事业，真的不容易的。"

田庆喝了几杯后，话也多起来，他说："我来深圳，是被黑妹骗的，她告诉我她认识一个老板，要找一个管理人员，年薪十万，我想黑妹和我是同学，又是家乡人，她不会骗我的。哪知来上班不到三个月，我就被老板炒了。哎，现在想来，还是在老家当教师好。"

石萍吃惊在问："田庆，黑妹不是在得胜厂上班吗，她怎么也来深圳了？"

田庆说："听说是得胜厂老板安排她来深圳销售部当经理的，其实她也只干了一年多就辞职了，听说现在回老家镇上开餐馆了。"

石萍说："你对她这人了解吗？"

田庆说："不是怎么了解，只听传闻，她是得胜厂老板的情人。"

石萍说："你呀，怎么会相信她的话呢？"

田庆说："现在，我只有凭我的本事，在这儿闯出一片天地来。"

　　石萍也不好再劝他了，她知道田庆的个性，是个好面子的人。通过她来深圳后这一年多历尽的艰辛，她深感田庆的不易，便举起酒杯说："来，我们喝酒，但愿你能打拼出一片属于你的天地来！"

　　喝了好一阵后，田庆有些醉了，他打车走了，石萍也慢慢地往回走。

<h2 style="text-align:center">5</h2>

　　刘大柱在光华电子厂电镀车间干活，满脸被整得黑黑的，他戴着安全帽，身穿着已黑得发亮的工作服，全身上下还冒着汗……虽然电镀是十分笨重的工作，但融入集体后，刘大柱经常与工友们有说有笑的，干起活来也有劲，不再像以前那样，一干起活来就紧张，跟没力气似的。

　　今天又轮到他们组上白班，也许是为了赶进度，生产车间下的生产任务特别多，他们一直都在赶着干活，午饭也轮换着吃，吃了饭又继续干活。

　　下午快下班时，门卫来到车间叫刘大柱，说厂门外有人找他，还开玩笑说："是个美女找哟。"

　　刘大柱想，这时会有哪个来找呢，他跑出去一看是石萍，愣了愣问道："石萍，你怎么来了？"

　　石萍一看刘大柱穿着黑得不能再黑的工作服，脸似乎比工作服还要黑，黑得只有两个眼睛在转，全身衣服已被汗水打湿，连一个捡垃圾的人都不如……她先是一愣，后是一惊，眼泪瞬间就掉下来了，但她还是强装笑脸，说："大柱，你还好吗？"

　　刘大柱笑了说："我很好，你怎么来了？"

　　石萍说："你来这厂这么久了，也没来看看我，我不放心，就跑来看看你。"

　　刘大柱还有好一阵才下班，这时不能陪石萍，他想起现在他的寝室只有两个人住了，另一个人今天请假回老家了，说是他母亲病了，要等几天才回来。他说："石萍，我还在上班，要不……你先去我的寝室等我一会儿，我还有一个小时才下班。"

石萍点了点头说："好。"

刘大柱带石萍去到他的寝室，拍了拍他那床上的灰尘，笑了说："不好意思，床上太乱了，这张床是我的，那张是郑兵的，他今天请假回老家去了。"

石萍说："好的，你先去上班吧，我就在这儿等你。"

刘大柱带上门，又向车间跑去，组长问他："刘大柱，是哪个来找你呢？"

刘大柱说："是我的一个老乡。"

组长笑了说："看那女的长得好漂亮哟，是你的女朋友吧？"

刘大柱不好意思地笑了，说："哪里是哟，我们是一个村的，从小一起玩到大的，她也在深圳打工，专程来看我的。"

另一工友说："这还用说，是两小无猜吧？"

全组的人都哈哈大笑起来。

组长说："别笑了，赶快干活，早点把活干完，人家刘大柱还要忙着去陪他的女朋友呢。"

下班后，刘大柱去厂里的澡堂洗了澡，换上一件干净的衣服后，回到了寝室，只见石萍在帮他收拾床，把他扔在床上的书和衣服理整齐，又把床上的被子叠起来，还帮他扫了地……经石萍这么一收拾，寝室里显得干净多了。

刘大柱说："石萍，你今天怎么有空来这儿呢，你没上班吗？"

石萍说："我今天下午请了假，专程来看看你。怎么，你不欢迎吗？"

刘大柱说："怎么不欢迎呢，你来……我真的好高兴的。"

石萍说："刘大柱，没想到你在这儿上班这么累，你吃得消吗？"

刘大柱说："先前几天还真受不了，一天下来，手都打起了血泡，腰也痛得睡都睡不着，现在基本适应了，也好多了。"

石萍说："是呀，在外面打工多辛苦。"

刘大柱叹息了一声："是的，只要找到活干，就不错了。"

石萍明白刘大柱的心思，可她心里更难受，她说："刘大柱，一会儿我们去外面吃饭，今天我请客。"

刘大柱说："好。"

一会儿，他们去到厂门外的餐馆里，刘大柱点了几个菜，又要了几瓶啤酒，他们边喝酒边说话，也许是他们好久没见面了，两人都感到高兴。刘大柱自从来了电子厂后，很少这么高兴过，平时不太喝酒的他却主动倒上酒，一杯接一杯地喝，石萍不但没制止他，反而陪他喝起酒来，最后两人都喝得有点醉，石萍起身结了账，他们又歪歪倒倒地回到刘大柱的寝室里。

石萍说："刘大柱……我喝醉了，我今晚不走了，我就……住你这儿。"

其实，这是石萍经过一次又一次思想斗争后决定的，她来深圳后能遇到刘大柱，也许是上天的安排，让她在这里有了依靠。虽然刘大柱只是一个建筑工地打工的，但他一次又一次帮她，让她一次一次走出困境，才有了今天。虽然她这样做真有点对不起顾大川，可她和顾大川肯定走不到一起了，以前她也做过很多努力，因为顾大川的固执和自卑，才导致了今天这个结果。她想，今后凭她的能力，可以用另一种方式补偿他。她选择了刘大柱，也是出于一种无奈。大川，对不起了，相信他能理解她的。

刘大柱说："好，我不想你走，就想你留下来陪我……"

石萍没出声，只是笑笑，说着就倒在了刘大柱的床上，刘大柱走过来，看着石萍那喝了酒后红红的脸，他想睡下去，不知怎么的，却愣住了。这时，石萍用手一拉，刘大柱也顺着倒了下去。

石萍不出声，只是抱着刘大柱亲着，抚摸着……很快两人就紧紧地抱在了一起……

　　一番激情之后，他们静静地躺了一会，刘大柱边亲她边说："石萍，你能来看我，我很高兴，我一直都很喜欢你，你喜欢我吗？"

　　石萍没出声，只是紧紧地拥抱着他……

第二十章

I

　　顾大川经营着师傅的理发店，虽然没挣多少钱，每天至少都有一定的收入。这让村里人逐渐改变了对他的看法，仿佛他从一个没用的人，一下子变成了一个手艺人，不管多少都能挣钱，仿佛能挣钱的人就是能人。

　　顾大川每天早早地开门，将理发店打扫得干干净净的，由于他的理发店就在村口当道的地方，过往的人很多，要理发的就进来请他理发，不理发的也时常来坐坐，不管谁来，更不管理不理发，他都客客气气的，大家对他的印象很好。

　　有人给顾大川说媒了，这说媒的人没有直接找他，而是给顾大川的母亲说："老嫂子，你家大川也不小了，该娶个媳妇了。"

　　说起娶妇媳，是顾大川的母亲做梦都想的，可谁又愿意嫁给一个瘸子呢？她曾经到处请人给儿子说媒，可不但说媒的人不愿意去说，就是去说了也没人看得上他，这事就成了母亲的一块心病，看着村里与他差不多大的人都娶妻生子了，那些抱着孙子玩的老人们，个个都在她面前夸孙子是多么的好，她只能悄悄走开。

　　今天却有人主动来给儿子说媒，她很高兴，但想到儿子腿有残疾，她的笑脸马上消失了，她叹了一口气说："我儿子腿有残疾，谁看得上他哟。"

说媒的人笑了说："我想给你儿子介绍一个，人家可没意见，只看他愿意不？"

母亲听后，又笑了，说："真的，当然愿意。只是不知道是哪家的闺女？"

"你别急，听我说嘛。你家大川，虽然腿有残疾，但也是个手艺人，他能挣钱养家。我就是看上他这一点，才给他介绍一个，只是……只是她是个死了男人的寡妇，不知你们愿意不？"

母亲听说是个寡妇，便收起了笑容，娶儿媳妇谁都想娶个大闺女，就是个瘸子、瞎子都行，人家也不会说什么，可偏偏是个寡妇，这让她不知如何是好。她想了想，说："这个我得问问他，再说。"

说媒的人说："好吧，我等你回话哟。"

媒人走后，老两口就商量起来，她说："你说，儿子娶一个寡妇合适吗？"

父亲说："怎么不合适，他腿不好，能娶到一个寡妇都不错了。"

母亲想也是，他一个残疾人，年龄也不小了，想娶个大闺女，谁愿意嫁给他呢？现在有人主动来说媒，肯定是好事，当父母的说了也不算，得看他愿不愿意。母亲跑去他的理发店，等理发的人走了，她说："儿子，我给你说个事。"

顾大川说："妈，你说吧。"

"大川，今天有人来给你说媒，是个死了男人的女人，与你的年龄差不多，但没有孩子。我和你爸商量了一下，你爸认为可以的。她今年26岁，与你年龄相当，听说她一直在外打工，人长也得漂亮，干活也行。你觉得怎么样？"

顾大川好像满不在乎，他说："妈，这事我看就算了。"

母亲问他："儿子，你是嫌她结过婚？"

"不是，妈，我不嫌她什么。"

"那你为什么不同意？"

"不为什么，反正我不同意。"

"儿子，我想你也不小了，说什么也该成个家了。虽然你有一门手艺，但你腿不好，只要人家不嫌你就行了，你说是不是？"

"妈，这个事让我想想再说嘛。"

母亲看了看他，说："儿子，你的心事我明白，那是不可能的。你就当那事已经过去了，别再想了。你听妈一句，不管怎样也得成个家，这事妈就给你做主了。"

正在顾大川犹豫时，母亲起身就走，边走边说："其他的，妈不管你，这事就这么定了，我马上去给媒人回话，说你同意了。"

顾大川还想说什么，可他看到母亲苍老的背影，知道母亲为他的婚事也操了不少心，那么多年都没谈成一个，如果再坚持不同意，肯定会更伤她的心。他没再说什么，只呆呆地看着母亲的离去。

2

第二天天刚亮，母亲很早就催顾大川起床，说是和媒人约好，今天就去看人。

深秋的早上雾蒙蒙的，路边的玉米都已经成熟，沉甸甸的玉米棒露出金灿灿的笑脸。落了几场霜，玉米的叶子都已经枯萎了，马上就要秋收了。收完地里的庄稼，又到了村里娶媳妇、嫁闺女的时候，趁这个时间抓紧给儿子谈个媳妇，这新年一过，又长一岁了，儿子越大，他们老两口的心就越慌啊。

母亲心里一路盘算见了媒人怎么开口说，大不了给人家多说些好话，哪怕多掏点谢媒钱，只要能给儿子介绍成媳妇，把她的心病了了，即使挖窟窿借债，她也认了，人一辈子图个啥，不就是为儿为女吗？

到了镇上，母亲叫顾大川先去商店买了两瓶好酒，两包好烟，他自己平时就抽几块钱的廉价烟，可这是去求人家帮忙，不能让人家觉得小气。

另外，他又拎了一箱纯牛奶和一袋水果，第一次去别人家里，得把人家嘴喂甜了。

进村一打听，他们很容易就找到了媒人。这媒人生来能说会道，年轻时当过队上的会计，后来土地下放后，她自己捣鼓一些小买卖，跑的地方多了，认识的人也多，加上她那一张能把死人说活的铁嘴，很快成了方圆几十里有名的专业说媒人。听说，经她说媒的人家，几乎都能顺利娶上媳妇，母亲也把希望寄托到了她身上。

同样是农民，能力不同，家庭条件自然也会不同。媒婆的家一溜新修的大瓦房，院墙上贴着洁白光滑的瓷砖，院门修得美观大方，门框上面用彩砖贴一幅大大的迎客松彩画，红油漆的大铁门上带两个金灿灿的铜环。敲开门进到院里，一院崭新的大瓦房，三面都是时下流行的封闭式走廊，院里种些花花草草，别有一番情趣。

母亲看着人家的房子，再想想自家那旧砖房，心里顿时泄了气，连自己也有些瞧不起自己了，若不是自个没本事，挣不上大钱，也不至于让儿子眼看三十几了还讨不着媳妇。没能力也罢了，却让好好的儿子落下个残疾，这难道就是命？

待媒婆吃完饭后，她领着顾大川娘俩去了女方家。那女人家房子不算好，几间砖瓦房，一进屋，女人招呼他们坐，女人看上去跟实际年龄差不多，长得倒也不赖。

媒人介绍说："她叫刘容，她婆婆和公公都去世得早，她男人是半年前去世的，没有孩子，现在家里只剩她一个人了，没有啥负担。"

媒人又说："他叫顾大川，腿有点残疾，但不影响干活，现在他开了一个理发店，生意很好，不说是能挣大钱，至少吃穿不愁。"

听完介绍后，母亲将顾大川叫到一边去问道："大川，人你也看到了，你觉得她如何？"

顾大川不出声，不说好也不说不好。

　　媒人走过来问："顾大川，你同意这门亲事吗？"

　　还没等顾大川回答，母亲就抢着回答说："没意见，不知她有意见没有？"

　　媒人走过去问了问她，她好像不同意，媒人左劝右劝，她才默认了似的。

　　这下，双方都同意了，这亲事就算成了，为了表示男方家的诚意，顾大川母亲给了她一个大红包。女人也大大方方地收下了，乐得顾大川的母亲合不上嘴。

　　随后，他们开始商量结婚的日子和彩礼。媒婆说："虽然是二婚，但彩礼仍要。她虽然没婆婆公公，但娘家还有父母，说什么也得孝敬孝敬。"

　　顾大川母亲说："彩礼应给，毕竟是娶儿媳妇嘛。"

　　最后，媒婆直接在酒桌上敲定，这年头说什么也得给五万，少了不让人家笑话？虽然这五万对他们家来说是个天文数字，但母亲还是硬着头皮，一口就同意了。

　　送了彩礼后，又商定好了婚期。半月后就是他们结婚的日子。

　　由于她是二婚，没有大办酒席，只备了几桌，请了一些亲戚朋友，让大家知道这回事就行了。那天来的客人不多，但院子仍充满着喜庆热闹的氛围，这种气氛一直持续到晚上，客人们走后，一帮兄弟又嘻嘻哈哈闹洞房，直到大半夜才散去。

3

　　婚后，刘容有空也去到顾大川的理发店帮着洗洗头。她的到来，让理发店里多了一些生气和笑声，偶尔有村里的年轻人来理发，也时不时和她说说笑，也有的和她打情骂俏，刘容也应答自如。人家说什么她都不生气，让大家觉得和她说笑很过瘾。

　　有时顾大川听着也不高兴，却没有明确说出来，只是把脸转到一边，刘容知趣地不说话了，然后悄悄走开。其实刘容虽然是个寡妇，但她打心眼里是看不起顾大川的，要不是当时大家劝，她才不嫁给他。他一个残疾人怎么能和她死去的男人比，她男人长得不是很帅，至少是个不少胳膊不少腿的，说话做事谁都说他能干。他生前可对她可好了，有时她生气，他想出各种花样逗她开心，地里的农活几乎不让她去干。哪像顾大川整天总是板起个脸的，好像一见到她就觉得讨厌，她不知道他演的是哪出戏，如果说他从心里看不上她，她还要说她还从没把他瞧上眼呢。

刘容多半还是在家里帮着婆婆干农活，栽秧、铲地、扒玉米等，她都干得有模有样的。即使在最忙碌的时候，刘容依然保持女人爱美的天性，为了防止皮肤晒黑，她头上戴着遮阳帽。金秋十月，天气已经有些寒意，她脚踩在冰凉的水稻田中，弯着腰，一刻不停地挥舞着镰刀，水沟里倒映出她劳作的身影，汗水顺着她的脸颊往下淌，滴在地里，融进泥水里。

不久，顾大川的父亲去世了，母亲由于伤心过度也卧床不起，刘容只能在家照顾婆婆。她带婆婆到乡村卫生所看病，医生看后开完处方，说："发高烧，三十九度五，挺严重的，明天还得再来输次液，要巩固治疗才能好彻底。"

回到家里，刘容给婆婆吃完药后，就扶她去床上休息，她关切地问："妈，你输了液好些了吗，还发烧吗？"

婆婆说："我这病恐怕难得好哟！"

刘容安慰道："妈，你别多想，你这病会好的。"

晚上，顾大川回到家里，问了问母亲的病情，看着正在忙着给母亲熬药的刘容，他说："家里多亏有你，不然我还不知道该怎么办。"

刘容说："你放心，我会尽力照顾好的。"

这天白天没事，晚上十点多钟的时候，老人突然说她的脚不舒服，说脚掌热辣辣地痛，刘容说，不舒服那就赶紧去医院检查吧，可老人坚持要等天亮再去。她想也是，医院这个时候只有急诊的值班医生，去了也没办法仔细检查，不如等明天天亮再去。

刘容打了一盆热水，放了些舒筋活络的药酒，让婆婆先泡泡脚，问："你以前出现过这样的情况吗？"

"有过两次。"

"那以前医生跟你说这是什么原因引起的？"

"医生说是血行不顺畅引起的。"

"哦，那很难受吗？实在难受现在就上医院去看看吧"

婆婆犹犹豫豫地说："太晚了，算了，明天天亮再去吧。"

顾大川回到家，听刘容说了后一夜难眠，估计母亲也是睡不着，因为她房里一直有响动。

第二天，顾大川就带着母亲去到县人民医院，因为是星期天，医院里坐诊的医生很少，只开了急诊，而且医生还要先到住院部查完房才能给病人诊病。

等了许久，好不容易才看上病。医生随便问了问病情，就开了诊单，让先去照脑部 CT 和验血，还说要等 3 小时后结果出来才能对症下药。

顾大川问医生："医生，我母亲脚那么难受，不能先开点药给她治治吗？"

医生说："不知道是什么病，我不能乱开药，出了事怎么办？"

折腾了好大半天后，顾大川终于拿到了检查结果，医生终于开了药，他扶着母亲去车站乘车回家了。

回到家里，顾大川看到母亲难受的样子心里也不好受，他去打了一盆热水，放了一些舒筋活血的药酒进去，说："你先烫烫脚，休息一下吧。"

母亲没说什么，照做了。

人病了就会难过、难受，就会心情不好，顾大川和刘容都不是医生，不能帮着母亲摘除身上的病痛，只能跟着难过、难受。也许是太累了，顾大川和刘容进房躺下休息，睡得迷迷糊糊的，顾大川忽然听到母亲叫他，他赶紧起身过去，只见母亲精神很不好，只一直说："额头烫。"

顾大川摸了摸母亲的额头，果然很烫，随后他发现母亲不行了，他赶紧叫来刘容，没过一会儿，母亲就永远离开了人世。

婆婆去世后，家里所有农活和家务都落在刘容的肩上，她忙里忙外，觉得太苦太累。她想着死去的男人，不说怎么帅，至少是健康的男人。他在家时，她什么都不用干，哪怕是收麦子的五月，收苞谷的八月……都让她在家里享受清闲。自从他走后，一切都变了，种地、挑水伺候老人，她无师自通。一切农活像她手里的面团一样，任由她揉搓，或圆或扁，一双柔细的手撑起辛苦而幸福的家，从不言放弃。

他每次出去打工时，她都送他到村口老槐树下，他使劲地亲了她一口，她很满足，背过身去偷偷地笑了，他说："好好照顾娘，照顾好自己，想我时给我打电话，我去给你赚好多好多的钱，到时我们把房子修成小洋楼，让你也过过好日子。"

她深情地说："你放心去吧，路上小心。"

那一刻她觉得他是真正的男人，有责任，有担当。他走了，一张车票，一个行囊，走得很远很远。

那时，刘容在地里干活，觉得再辛苦也值得。累了，她坐在田埂上。田野里，沟沟坎坎间，山坡上，油菜花开了，千朵万朵，油亮亮的，金黄金黄的。有孩子在里面学兔子一样蹦跳着行走。也有人高兴地唱道："编，编，编花篮，编个花篮上南山，南山牡丹开的艳——"歌声有节奏地摇曳，飘落的花絮拂过脸颊，落到她白嫩嫩的脖子上，痒痒的，麻酥酥的。

4

刘容越想越觉得现在的生活憋屈，她跟顾大川互相看不上，不久，刘容就跟着村里一个经常来理发店理发、也喜欢和她说笑的光棍男人私奔了。

第二十一章

1

刘容跟人私奔后，顾大川无法接受这个事实，他在家里躺了好几天，也无心再经营理发店了，因为他老婆跟人私奔都是这理发店惹的祸，那天他跑去劈劈啪啪将理发店砸了，然后锁上了门，他再也不想干这理发的手艺了。

村里有一个水磨房，由于青壮年劳动力都纷纷出去打工了，村长找到顾大川说："大川，现在好多人都出去打工了，你脚有残疾，不能出去打工，你把这水磨房承包下来，不说能挣很多钱，至少你生活不成问题，你说是不是？"

顾大川一看村长来了，觉得准没好事，一点也不想理他，转身就想走，欧村长却叫住他，说："顾大川，我找你有事，你干吗走呀？我又不吃人，你怕什么，你真这么怕我？"

顾大川又转过身去，说："欧村长，你说吧，你找我到底有什么事？我还要忙着去地里干活呢。"

欧村长叫他过来，用手指了指他旁边的凳子，说："年轻人，火气别这么大嘛！快过来，我有事给你说，而且是好事。"

顾大川哪里还相信有什么好事，问道："你说，啥好事？"

村长说："村里的水磨房要承包，你愿意承包不？你看你，啥都干过，也开过理发店，哪样做成功了呢？我说顾大川，是哪个虫就钻哪个木，说别人我还不了解，你我是太了解了。你呀，只适合干这个水磨房，我是看到你有责任心，才找你承包的。"

顾大川听了欧村长的话后，觉得也是，他想了想说："水磨房建了这么久了，万一我接过手，有什么地方坏了又去修，钱没挣到还倒赔，我就划不来了。"

村长一听，知道顾大川有承包的意思了，他笑了说："这样，大川，因为你是残疾人，我给你减免第一年的承包费，也算对你的支持。"

顾大川还是不太想承包，他现在信不过村长了，今天劝他承包，说不定明天就不要他承包了，到时弄得麻烦，还不如不承包为好，他没出声。

村长又做了好多工作，顾大川才终于答应了下来。

顾大川对破旧的水磨房进行了修补，也把水磨房视为他的家，白天他除了偶尔上坡干农活，一直待在水磨房里，晚上他就在水磨房里睡觉。

这水磨房有些历史了，是悬空而建的一座小木屋，木屋下方的空处安装着用硬杂木做成的大木轮，水冲木轮，轮转磨旋，水流不断，磨转不停。

水磨房是村子里最热闹的地方，一些来打米和磨面的人，总要与他聊聊天。

胡二婶是个嘴快的人，顾大川给她磨完面，后面没人来磨面，胡二婶神神秘秘地说："告诉你吧，昨晚，有人亲眼看见欧和进了吴英家门。你想呀，三更半夜的，他一个大男人钻到别人屋里干什么？"

顾大川不想再听下去了，他说："胡二婶，你别乱说，坏了人家的名声。"

胡二婶看顾大川这么认真，立马收敛了说："好，我不说了。"

正好，吴英这时挑着谷子来打米，顾大川看她不容易，急忙接过来，帮着挑到机器旁。他开动机器，给她把米打好，顾大川准备帮她挑回家，吴英却说："哪个要你挑哟，万一被别人看见了，不知又要说些啥？"

因为顾大川的水磨房磨的面细，出粉率高，所以邻村的人都来这里磨面，他们或肩挑背扛，或骡马驴驮。水磨房自然就成了村民们的集散地，谈天说事，下棋聊天，石磨周而复始，生活故事也在这无尽的水声中延续不断。

一年到头，水磨房只有冬天河水封冻的时候才停歇个把月。那时正好是在寒假里，趁封冻停磨的机会，顾大川就到磨房底下查看水轮，修理更换木板做的叶片和转轴。同时请来老石匠，掀翻磨扇，把磨平的磨齿一锤一凿重新錾深。冬日的磨房里生着一盆木炭火，火旁熬着罐罐茶，老石匠左手握钎，右手持锤，锤敲钎行，钎动齿新。

冬天一过，河水解冻，水磨房又忙碌起来。

2

不久，村里换届了，欧和接替他父亲当上了村长。欧和一直觉得他没能娶到石萍都是因为顾大川，心中记恨着他，如今看他顺风顺水，更觉不满，不久，欧和决定将村里的水磨房收回，卖给私人。

顾大川不知道怎么回事，他跑去找老村长，说："村长，这个水磨房是你劝我承包的，而且承包期为三年，我也和村里签了合同的。现在，承包才一年多，可村里却要收回去，这合理吗？"

老村长坐在院子抽着叶子烟，他似乎知道是怎么回事，便有意避开顾大川的目光，笑着说："当初是我劝你承包的，可我现在不是村长了。现在村里的事由他们说了算，啥事我也不便过问，俗话说，不在其位不谋其政嘛。你这水磨房承包的事，你还是直接去问他们吧。"

顾大川听老村长这么说，是在推卸责任，不管怎么说，现在的村长是他儿子，他如果要去说，肯定也能说上话的，是他根本不想管这事。他生气了说："我自己花了钱，把水磨房的房子重新盖了一下，也把设备做了一些更换，现在不要我承包了也行，那也得将我投入的钱付给我。"

老村长说："我说过，我现在不是村长了，你这些事找他们说去。你给我说了没用，我再说一遍，我现在不是村长了。"

顾大川没办法，他又去村委会办公室找到欧和，欧和似乎知道他肯定要来似的，看了他一眼，根本没理睬他，仍低头看他手头拿着的文件。顾大川说："欧村长，我那水磨房的合同还没到期，你怎么就要收回去呢，说什么也得按合同办吧？"

欧和看了顾大川一眼，气就来了，他把手里的文件一放，大声说："我可没和你签合同，谁和你签的你就去找谁，村里收回水磨房的事，是村委会上决定的，定了的事还能改变？"

顾大川气愤地说："我承包期为三年，我和老村长签的也不算数？"

"现在谁是村长？我是，就得由我说了算，明白吗？"

"那我投入钱去修整磨房，更换了一些设备，你也得算给我吧？"

"我说顾大川，你是不是想趁机捞一把，你以为村里开银行呀，你说要多少钱就得给你？你只是承包，又没叫你去修房子和更换设备，你投入了钱，那是你的事。再说，鬼才晓得你换没有？"

顾大川气得一拍桌子，说："我知道，你因为石萍的事一直恨我，你就想借此机会来整我，是不是？"

欧和听他这么一说，不但不生气，反而十分开心地笑了，好像他就怕顾大川不生气，因为生气就证明他在乎这个。如果把他十分在意的东西拿走，让他气死更好，这就是他想要的效果。他得意地说："我整了你又怎么样？你一个瘸子，样样都和我抢，你也不看看你算什么东西，我就是想让你知道，和我作对的人没有好下场。"

顾大川又去找了镇里，还是没能挽回他的水磨房，他气得在屋里睡了两天。他想不通，但又没有办法，再怎么说欧和现在是村长了，他定了的事就是村里定的，凡村里的事镇上也得听村里的，说什么就是村长一句话。

现官不如现管，他找来找去，都是推来推去，没有结果。

不久，村里开大会，欧村长说："按照有关政策，对集体企业进行改制。我们村那水磨房，也算集体企业吧？经村委会研究决定，将现在顾大川的承包权收回，再定一个价格，卖给私人经营，你们看如何呢？"

顾大川站起来说："我的承包期还没到，不能收回。"

欧和一拍桌子，说："顾大川，我早就给你说过了，这水磨房是村里的，属于村集体企业，现在村里收回了。如果你不服，你去找镇里，或者去找谁都行，别在这儿胡闹了。"

顾大川说："我是胡闹吗？我有合同为准。"

欧和大声说道："我再说一句，顾大川，现在是在开会，你如果再胡闹，就别怪我不客气了。"

有人赶忙叫住顾大川，小声说："别再说话了，听村长的，好不好？你再这样闹下去，吃亏的还是你。"

随后，欧村长说："现在，公布这个水磨房的价格，3万元买断。这是经村委会全体人员商定的价格，买这水磨房的人必须是本村村民，一次交清，你们谁想买，就报名。"

一村民说："欧村长，3万元是不是太贵了，少点行不？"

欧村长说："这价格是定了的，你愿买就买，不买就别说话。"

又一村民说："我想买，我先付一半，下半年再付一半，行不？"

欧村长看着顾大川说："顾大川，你是这水磨房的承包人，我先问问你，你如果要买，就先考虑你，你如果不买，我就可以考虑卖给他了。"

顾大川站起来说："我要买，我三年付清。"

欧村长笑了笑说："不行。你三年，人家可是一年就能付清，那就卖给他了，上年付一半，下半年全部付清。"

顾大川由于没这么多钱，只能眼睁睁地看着自己承包了一年多的水磨房，被卖给了别人，仿佛曾经给他带来欢乐和希望的水磨房，就像一个心爱的女人一样，转眼间就离开了他，让他一下子觉得心里空空的，他再也没继续开会了，悄悄地回了家。

顾大川太郁闷了，好端端的一个水磨房，他的承包期还没到，一下子就卖给了别人，这是为什么？因为他没钱买，没钱就办不成事，想干点事为什么就这样难呢？他倒了满满的一杯酒，一口一口地喝起来，一点下酒菜也没有，他越喝越精神，越喝越发愁。

第二十二章

1

顾大川在家待了一段时间，他承包不了水磨房了，总不能整天这样无所事事，像一个没用的人那样喝酒睡觉，让别人瞧不起。他还有一个理发手艺，他盘算着将师傅留下的这个理发店重新开起，自己重操旧业，一样的能生活。

顾大川把砸烂了的镜片、椅子重新换上，又将屋里打扫了一番，开始为人理发了。重新回来理发，顾大川比以前更加细心。洗头时，他让顾客低头面对一盆热水，先浇湿头发，再抹上肥皂，然后开始抓搔头皮。洗完头，顾客已神清气爽，倦意全无。

接着是理发，他给顾客围上围布，左手按在头上，拇指将头皮微微往上撑，意在让皮肤绷紧，右手拿刀轻轻往下刮，随着"嗤嗤"的声响，湿漉漉的头发杂草一般直往下掉。他边理边和周围的人拉家常，锋利的剃刀在他手上运用自如，没有丝毫差错。

修面更是顾大川的拿手绝活，他先用热毛巾给顾客敷面，让毛孔个个张开，再用小刷蘸上肥皂沫细细涂抹在顾客胡须上，右手悬腕执刀，拇指紧贴刀面，食指、中指勾住刀柄，无名指、小指顶住刀把。他将剃头刀在荡刀皮上荡几下，左手绷紧顾客面皮，剃刀所到之处，须毛纷纷落下，连眼皮、耳背上的绒毛也不放过。修完面，顾客容光焕发，神采奕奕，格外精神，正所谓"不让白发催人老，更喜春风满面生"。

2

不久，欧和带着测绘人员来到顾大川的理发店前，进行了一番测绘，顾大川不知道他在测什么。他想，是不是欧和又在打他这理发店的主意？

顾大川懒得理他，仍继续理他的发。

欧和走了进来，看了看他，说："顾大川，你的理发生意还好吧？"

顾大川说："欧村长，我理发生意好不好，关你什么事？你来我这儿，是要理发吗？"

欧和笑了说："笑话，我堂堂一个村长，还在你这破店理发？"

顾大川说："既然你不理发，那你来干什么呢？"

欧和一听，生气了，他说："顾大川，你别太得意了，你这理发店也开不了几天了。"

顾大川不知怎么说，他瞪着眼睛看着他，好想骂他几句，但当着这么多人的面，他还是压住了怒火，转过身就帮别人理发。那些等着理发的人，看到已生气的村长，都不敢出声，明显看得出，他们对欧和十分不满，只是敢怒不敢言。

一个月后，欧和通知顾大川去村委会办公室，说："顾大川，把你理发店的东西收拾一下，你那理发店马上要拆，拆了修村委会办公室。"

顾大川生气地说："欧和，你这龟儿子也太过分了，这理发店是我师傅的，你凭什么要拆？"

欧和说："理发店是你师傅的确实没错。你也不知情况吧，那间屋以前是村里的商店，由你师傅承包，后来村商店不办了，他就开起了理发店，那是村里的，不是他的。现在，更不是你的，你明白吗？"

顾大川半信半疑，他仍坚持说："不管怎么说，也得征求一下我师傅同意吧？"

欧和桌上一巴掌，说："征求个屁，那间小屋本来就是村里的。告诉你，你赶快回去搬东西，下午推土机就要来推，你的东西损坏了，没人负责哟！"

顾大川就是不相信，他就不搬东西。下午，推土机来了，在欧和的指挥下，推土机推了过去，把那间小屋一下就推垮了，好好的一个理发店顿时变成了废墟，站在旁边的顾大川，看着这情景，急得哭了。

顾大川哭着说："师傅，都是我不好，你留给我的理发店，我没给你守住，我真无能，师傅，我对不起你呀！"

第二十三章

1

顾大川睡了三天，他心里很难受，想到自己作为一个残疾人，本来通过自己的努力可以自立自强，可欧和处处为难他，现在又找理由将他师傅留下的理发店给推倒了，他这样做难道不要人活了吗？

顾大川起床在院子里走了走，又回到屋里倒上一杯酒，没有一点下酒菜，他一口一口地喝，好像是要把自己喝醉似的。

这时，从外面走来一个穿着时髦的女人，她在院前大声喊道："请问顾大川顾师傅在家吗？"

顾大川听见喊声，起身走了出去，他问道："你是来找我理发的吧，我不会给女人弄头，我只能给男人剪大平头。再说，我现在理发店没有了，更没心情理发了，你请回吧。"

那女人笑了说："我是来找你理发的，但不是给我理，是给很多人理。"

顾大川看了看这个女人，大约三十多岁，穿着时髦，气质不凡，说起话来很亲切，看样子不是乡下人，是城里人，他没有听懂她刚才说话的意思，他问道："你说什么，你是来请我理发，但不是给你理，那给谁理呢？"

那女人说："顾师傅，我来的好歹也是客，你就这么不欢迎我呀？我大老远来，你也不叫我进屋坐坐？"

顾大川赶忙说:"好,请。"

那女人跟着他来到屋里,他准备去给她倒开水,可小瓶里没有开水了,他说:"对不起,没开水了,请坐吧。"

那女人把一张名片递给他说:"我早听说了顾师傅的理发手艺,真是远近闻名,最近又听说你的理发店没有了,想请你去镇上我的理发店上班,我每月给你工资,你就在那儿安心理发,我是那店的老板,我姓洪,可能比你大,你就叫我洪姐吧,这是我的名片,上面有地址和电话,你看怎样?"

说真的,顾大川不想再干这理发的手艺了,他想出去打工,远离这儿,惹不起欧和还躲不起吗?他说:"对不起,洪老板,我不想再干这理发的手艺了,我真的寒心了。"

洪老板说:"顾师傅,我能理解你的心情,你也不容易,但你想过没有,你如果不干这理发的手艺,你又能干什么呢?千行万行不离本行,理发才是你的本行哟,你又何必跟自己过不去呢?"

顾大川想了想说:"我想出去打工,走得远远的,虽然我腿有残疾,但我也能干活的,难道还能饿死吗?"

洪老板想了一下,觉得他现在可能有情绪,再怎么劝可能也没用,她说:"顾师傅,这个你自己考虑吧,如果你愿意来我理发店工作,你随时可以来。不愿意来就算了。"

说罢,洪老板起身走了,顾大川又回到屋里继续喝酒,很快他又喝醉了,他又倒在床上睡觉,一觉又睡到下午才起来。

顾大川又去到那小河边,正是夕阳西下,河边有一个女人在那里洗衣服,他看见她很像石萍,他心里一惊,难道是石萍回来了?他再走近一看却不是,于是又转回去在不远处的河岸边坐下。这是以前他和石萍经常来的地方,他似乎又想起了那晚和石萍坐在这儿的情景,多么温馨,多么美妙,石萍对他说的那几句话仿佛仍在他耳边回响:"我知道理发是你最喜欢干的事,你得好好坚持下去,这样你会过得更开心快乐的……"

石萍的这句话似乎触及到了顾大川的神经，他起身走回了家，赶忙收拾东西，把那理发用的工具该打油的打油，该清洗的清洗一遍。第二天一早，他就去镇上那家理发店上班了。

镇上这间理发店就在场口的正街上，店面不大，墙上贴着各种流行发型的美女帅哥照片，里面有几个头发怪模怪样的理发师正在给人弄头发，他走进去看了看，其中一个问道："请问你是来理发的吧？"

顾大川说："我不是来理发的，我是来这里上班的。"

那男理发师看了看他，又看他是个瘸子，有点不相信他说的话，他说："你是来上班的？好像我们这儿没招人，你来上什么班呀？"

顾大川说："我是你们洪老板叫来的，这是她给我的名片，你看。"

他接过名片看了看，半信半疑地指了指楼上说："你上楼去找老板吧。"

顾大川去到楼上，洪老板正在办公室，她见他来了，笑了说："顾师傅，你来了，快请坐。"

顾大川坐下，她给他倒了一杯水，说："喝水吧。"

洪老板说："你来我这里上班，每月给你3000元工资，包吃包住，行吗？"

顾大川不知是从没出来打过工，还是他对钱多少无所谓，他说："行，就这样吧。"

洪老板就把他带到楼下的理发店，说："从现在起，你就在这儿上班，你的手艺我知道，你就专门为那些中老年男人和乡下来赶集的人理吧，剪大平头是你的特长。再说，你在乡下理了这么多年的发，以前你的老客户他们会来找你理的，你就在最外边这个位置，有搞不懂的你就问小陈他们吧。"

顾大川说："行。"

2

果真像洪老板说的，顾大川来到这理发店后，那些年长的男子都来找他理发，还有以前找他理过发的人也来找他理发。尤其是他村里的人，凡赶集天更是排起队等他理发，有时他实在忙不过来，就说："你去请小陈帮你剪一下，他是经过正规培训的理发师哟。"

可他们却不愿意，说："我还是等你剪吧，反正我也没事，顾师傅，我的头可一直是你剪的嘛。"

一天干下来，顾大川时常感觉很累，但他却很有成就感，这毕竟是在镇上，来找他理发的人竟比他在村里开理发店的时候还多，这是他没想到的。这种情况也引起了同事的不满，晚上吃晚饭时，小陈说："顾师傅，你那样理发也叫手艺？"

顾大川笑了笑说："小陈，话不能那样说，你说那不叫手艺，为什么还有这么多人来找我理，你说那不叫手艺叫什么？"

小陈说："你那只能叫剪头发，像你这样剪发，还不如给人家剃光头，那样更不需要什么技术，只要能把头发剃干净就行了。"

小张说："顾师傅，你可能不知道，我和小陈可是经过正规美容美发班培训的，还拿了职称证书的。"

顾大川知道他们瞧不起他，主要是因为来找他理发的人很多，他们嫉妒他，他也懒得理他们，只管吃饭，他知道不管他怎样说也没用，关键是有那么多人来找自己理发，就是好事，如果像他们那样半天没一个人来找，那就说明他手艺不行，或者说他们人气不好。

正好，洪老板走了进来，她听见了他们的对话，她说："看你们说的，人家顾师傅也不是无师自通的，他可拜过师的，他的师傅当地有名的理发师王三爷，王三爷只收了他这么一个徒弟，他可是得到师傅真传的。你看，那么多人来找他理发，你们还说他没手艺吗？我看你们呀，以后还得多向顾师傅学习。"

洪老板走后，小陈笑了笑说："洪总叫我们跟你学习，你那手艺还用学？我随便弄两下，肯定都比你行。"

顾大川再也不理他们了，他吃完饭后，就走了出去。由于现在天还没大黑，他便去到街上逛逛。这镇上跟乡下不一样，在路灯的照射下，街道上像白天一样，到处都是亮亮的，三三两两的人在逛街，而女人们都打扮得很漂亮，男人们看起来也精神十足。路边的摊点门市里，很多人在挑选自己喜欢的商品。

顾大川时而去商店里看看，时而去摊点前瞧瞧，好像啥都好看，但他啥也不买，只是好玩地看着。

这时，他碰到了黑妹，要不是黑妹先喊她，他还真没认出她来。她看起来比以前更成熟了，也更漂亮了，头发吹得直直的，穿着打扮也更时髦，只看她这外表就知道她现在混得不错，肯定发财了。

黑妹说："大川，你这么晚了还来赶集呀？"

顾大川笑了说："我不是来赶集的，我现在在镇上那家理发店上班，刚吃了晚饭，没事就出来逛逛。"

黑妹有点不相信，她问道："你在镇上的理发店上班了，是谁介绍你来的？"

顾大川知道她不相信，因为他腿有残疾，一般情况是没人愿意要的，但这次他还真碰上一个不嫌他的老板。他说："是的，我真的来镇上这家理发店上班了，没人介绍，是老板亲自来我家里请我的，她是看上我的理发手艺好吧，如果不是她亲自来请我，我还不来呢。"

黑妹笑了说："哟，大川，你还真有能耐，你那点手艺能比得上那些理发店里的美女帅哥们的手艺，别看他们人年轻，但人家可是经过正规培训的，要什么发型他们都能弄出来，你能弄那些美女喜欢的流行发型？你看看，就像我这样的发型。"

顾大川笑了笑说:"这个……这个我真不会弄,但我会剪大平头呀,我也是有师傅的,我的师傅就是村里的王三爷,我可是他唯一的徒弟,我可得到他的真传的哟。"

黑妹笑了说:"好了,大川,我是和你开个玩笑,我知道你的理发手艺好,在我们村里是有口碑的。这只是在镇上,又不是大城市,乡下来赶集的人就需要你这种手艺的师傅,好好干,你能找到这样的工作不容易。"

顾大川说:"黑妹,看你这身打扮,我还差点没认出来,你现在还在厂里上班吗?"

黑妹笑了说:"大川,你怎么这么问我呢,不说别的,就是看我这身穿着,还像在厂里上班的吗?"

顾大川认真看了看,黑妹不但比以前穿得更好了,而且皮肤比以前更白净了,气质也好多了,他说:"不像!哎,黑妹,你不在厂里上班了,你又在哪儿干,看样子你像发财了?"

黑妹用手指了指街下面,说:"我呀,就在镇下面开了一家餐馆。我那餐馆,可是这个镇上最好的餐馆,光是厨师和服务员就有6人,你有时间下来看看吧。"

顾大川向她投去羡慕的目光,说:"黑妹,你真行呀,终于当老板了!"

黑妹说:"大川,如果你哪天在理发店干不下去了,你就来找我,我随便在餐馆给你找点事干就行。"

顾大川说:"好吧,只是我这脚走路不太方便,恐怕干不了你那里的活儿。"

黑妹说:"没事,我那儿洗碗、打杂一样要人的。我还有事,我先走了。"

说罢,黑妹转身走了,顾大川也回老板在镇上给他租的一间小屋里睡觉了。

3

又是一个赶集天，村里那些赶集的人见顾大川在这个店理发，他们有的来坐坐，有的找他理发，也顺便把那背篓箩筐什么的放在门口，让顾大川给他们照看一下，顾大川总是十分热情地答应。

很快理发店门口就放满了东西，小陈本来就对那么多人排队来找顾大川理发不高兴，他就借机走出去叫他们把东西拿走，别影响这儿的生意。

顾大川说："人家放东西在这儿，也是给这儿聚人气嘛。他们也要不了好一会的，等他们去办了事回来就会拿走的。"

小陈说："这儿是理发店，不是菜市场，门口摆放着这些乱七八糟的东西，我们还怎么做生意？"

顾大川说："没事，你看外面放满东西，也没有影响到我们工作呀，这儿不是照样有那么多人来理发吗？"

小陈听顾大川这么一说，又看他也同在这店里上班，只说了几句就仍干他的活了，外面那些等着理发的人看小陈是个年轻人，也没和他计较，仍开心地和顾大川说着话。

下午，那些赶集的人都回家了，等着顾大川理发的人少了许多，欧和喝得醉醉地走了过来，不管后面还有人等着，他一屁股就坐在顾大川的位置上，叫道："给我理发。"

顾大川说："你也得排队等，这是规矩。"

欧和说："笑话，我堂堂一个村长，不管在镇上办哪样事从来都没排过队，难道我来理个发，还得排队吗？"

顾大川坚决不给他理，说："你不按规矩排队，我坚决不给你理，你是村长怎么了，村长就可以高人一等？再说，这又不是在村里，是在镇上。"

欧和坐着就是不起来，他说："我就要你现在给我理，你这是理发店，我来理发又不是不给钱，我给钱你就得给我理，这是天经地义的事。"

这时，正好老板来了，她说："哎呀，欧村长，你真是贵人，你来了我这小店也门庭生辉哟。你今天怎么想到来我这儿理发了？顾师傅，他是你们的村长，是领导，你就破个例给他理了吧。"

顾大川听老板这么说，虽然心里不高兴，更不想给他理发，但看在老板的面子上，他只好给欧和围上围巾，开始理发，他问道："你要理个啥发型？"

欧和指了指墙上贴着的图上那个十分流行的发型说："我就要这种发型，你给我理吧。"

顾大川停住了，说："你要剪那发型，就去里面让小陈给你弄，我不会弄这个，我只能剪大平头。"

欧和说："我坐都坐到这儿了，还能去那个位置吗？我又不是三岁小孩，随你追来追去？再说了，你不是这里的理发师吗？这样的发型你都弄不来，那你还来这理发店干吗，来混饭吃，来混工资？你以为还像在村里，随便给人家弄个样子也没人说你。这是镇上，镇上是什么地方，是讲究穿着打扮的地方，我今天就要你给我弄。"

顾大川也生气了，他知道欧和是发酒疯，有意找他的茬，他就偏不给理，说："别说我不会弄这个，就是我会弄，今天我也不给你理，看你怎么着，这儿不是村里，是镇上的理发店，你再是村长怎么了，这儿不由你说了算，得由老板说了算。"

欧和仍坐着不动，本来对顾大川就看不上眼的小陈，没过来劝一句，只是站在那儿看他们闹，巴不得闹得更凶。欧和说："顾大川，你不剪是吧？那我就只好砸店了，你这儿本来就是一个理发店，连这个发型都不会弄，那这个理发店还有什么用？"

顾大川知道欧和说得出做得出，也明白他今天是有意来这儿闹事的，万一欧和真的把这理发店砸了，那他拿什么来赔呢？

正当顾大川不知所措时，黑妹走了进来，她搞清楚原因后走上去说："欧村长，你怎么来这个店理发呢？凭你村长的身份，该去那边那家最高档的理发店弄才对，不管怎么说，你好歹也是一村之长，找个好点的理发店，弄个像模像样的发型，才像个村长嘛。"

黑妹边说边拉，硬是把欧和弄出了店里，她回头来用眼神示意顾大川继续工作，她会把欧和弄走的。

这时，顾大川大大松了口气，他从心底里感激黑妹，要不是她来把欧和弄走，还不知道他会在这儿闹出些啥事来。

4

顾大川就这样在理发店干活，由于他认识的人多，找他理发的人很多。相比之下，他干活就比其他人累，其他人活儿要少得多，他们没事时就坐在那儿玩手机，他也毫无怨言，反而还觉得充实。他想既然拿了人家的工资，就得好好干活。

月底发工资时，顾大川得到了一个信封，他打开数了数，发现不对，他问："老板，我的工资你是不是数错了？"

老板吃惊地问："什么，我发你的工资少了？"

顾大川说："不是，我来时你说每月给我3000元，可你却发给我3500元，多了500元，你可能数错了吧？"

老板听后笑了说："没错，我怎么会数错呢。你来时我们说好的，每月给你工资3000元，但看你这个月干了这么多活，有这么多人来找你理发，理所当然多给点报酬了，就当奖金。"

顾大川听后，高兴地说："是这样呀，我还以为你数错钱哟。好的，太谢谢老板了。"

老板说："顾师傅，你干活很认真，人缘也好，你不用管别人说什么，干好自己的工作就行了，我心里有数，不会亏待你的。"

　　顾大川走出老板的办公室，又回到理发店干活。今天不是赶集天，找他理发的人相对少些，不管再少，找他理发的人也比其他人多。小陈他们在的时候，有时大半天没一个生意，顾大川的到来，让这个理发店多了很多人气。

　　下午黑妹来了，她一进来就坐在顾大川的位置上，说："大川，正好这时你这儿没有人理发，你真是难得有空呀，那就帮我弄一下头发吧。"

　　顾大川看了看黑妹，知道她肯定不是来剪大平头的，她现在是餐馆老板了，可能是要像其他女人那样来弄现在流行的发型，要吹、洗、烫、上油什么的，他说："黑妹，我只能剪大平头，不会弄女人的头发，你还是让小陈他们给你弄吧。"

　　黑妹说："不，我就要你给我弄。"

　　顾大川为难了，他真没弄过女人的头发，但他来这店里这么久了，他也见过他们怎样弄，也知道怎么弄，就是没有亲自弄过，他说："黑妹，你别为难我了，你去叫小陈给你弄吧，他可是经过正规培训的，肯定比我弄得好。"

　　不知黑妹出于什么原因，不管顾大川怎么说，她就像是铁了心似的，非要他弄不可，顾大川没有办法，只好给她弄起来。虽然他没有亲手弄过女人的头发，但他也理发多年了，又天天见别人怎么弄，再说弄头发也不是天生就会，他记得当年跟师傅学理发时，师傅说手艺就一个字：悟，他就抱着试一试的心理，大胆地弄起来。

　　顾大川按小陈他们弄头的程序，慢慢地弄，虽然不熟悉，可弄起来还是不陌生，弄了好一阵，终于弄好了。黑妹站起来，在镜子前照了照，笑了说："大川哥，你真行呀，你不是说你没弄过女人的头发吗？你看，你这不弄了吗，而且还弄得这么好。看来你不但大平头剪得好，而且给女人弄头发也一样弄得很好。当然，凡事开头难，只要开了这个头，你以后就可以放心弄了。"

顾大川也认真地看了看黑妹的头发，他感觉弄得不错，看起来跟小陈他们弄的差不多，他笑了说："黑妹，给你弄这头发，我可把汗都吓出来了。不过还好，终于给你弄好了，你今天总算让我开了个头，这理发的钱就不收了。"

黑妹说："你不收我钱，老板知道了怎么想？"

顾大川说："你这理发的钱我帮你出。"

黑妹拿出钱说："大川，这怎么行，你不但帮我理了发，还要帮我出钱，天底下没有这样的道理？钱还是我付。"

黑妹付了钱后走了。顾大川久久地看着黑妹的背影，觉得她的新发型真好看。

正好今天才领了工资，下午下班后，顾大川就去到镇下面黑妹的餐馆，服务员问道："请问你几个人？"

顾大川说："就我一个人。"

服务员说："你一个人呀，这可不好安排了，楼上的包间呢，都是大包间，这大厅里都是大桌子，这个……"

这时，黑妹从楼上下来，她说："怎么不好安排，人家一个人就不吃饭了？"

顾大川见黑妹来了，他说："黑妹，没想到来你这儿吃饭这么麻烦。"

黑妹安排顾大川坐最里面的那桌，说："大川，你请坐，要吃什么你就尽管点，过会我来陪你喝两杯。"

这正是吃晚饭的时间，来这里吃饭的人很多，黑妹又是这里的老板，肯定事多，他说："好，黑妹，你去忙吧。"

随后服务员倒上茶，也拿来菜单让他点菜，顾大川随便点了几个菜，就坐在那儿边喝茶边等菜上来。他抬头看了一下，服务员说的没错，这大厅里每张桌上坐的都是一大桌人，只有这桌坐着他一个人，看起来有点浪费。

不一会，菜端上来了，顾大川要了几瓶啤酒，他边吃菜边喝起酒来，这时他可不像在家里那样喝闷酒了，而是十分开心地喝着。过了好一阵，黑妹忙得差不多了，她走过来坐下，叫服务员给她拿个杯子来，她自己倒上酒说："大川，来，我敬你一杯，你今天给我弄头发弄得这么好，看来你的理发手艺真是精通了，并不比那些正规培训过的人差。"

顾大川端起酒与黑妹碰杯，喝下后说："看你说的，黑妹，只要你说我给你弄的这个发型不错，我就高兴了，说真的，我今天还是第一次给女人弄头发，如果不是你来，换了别人我还真不敢弄。"

黑妹又倒上酒，笑了说："大川，我知道你是老实人，但这是做手艺，又不是干别的，你怕啥呢，凡事要大胆地干才行。来，喝酒。"

他们又碰杯后喝下，顾大川说："谢谢你，黑妹，你一直在帮我，我记得的，将来有机会一定好好感谢你！来，我敬你一杯。"

黑妹又与他碰杯，然后起身说："大川，你慢慢喝，我不陪你喝了，我还有事得先去忙会了。今晚这顿饭的钱你不用付了，算我请你。"

顾大川说："不行，我来吃饭，怎么要你请呢？"

黑妹没说什么，摆摆手就走了。

黑妹走后，顾大川边吃菜边喝酒，又喝了好一阵，他觉得吃好喝好了，便起身去到收银台付钱，收银员说："老板打了招呼的，你这桌的钱由她来付，叫我一定不能收你的。"

顾大川硬要付钱，可服务员说什么也不收他的钱，他没办法，又没看见黑妹，他只好收起钱走了出去。

那天，顾大川去县城办事，他看见柳花在车站外擦皮鞋，以为自己看错了，怎么可能是柳花呢，柳花不是疯了吗，难道现在被医好了？他走去认真看了看，确实是柳花，问道："柳花，真的是你吗？"

柳花抬头一看是顾大川，高兴地说："大川，你咋在这呢？"

顾大川看了看柳花，只见她红光满面，精神很好，看起来好像比以前在乡下时还年轻漂亮多了，一点都不像有病的样子。他说："我进城办了点事，来车站赶车回去。你……"

柳花明白了，她笑了说："大川，我以前那是装疯，你也知道……"

顾大川听了笑说："你没病？太好了，柳花，当时也怪我呢！"

柳花说："别说这话，你帮我那么多，哪还能怪你？不过现在好了，我经人介绍认识了我现在的丈夫，他在县城骑三轮车挣钱，我也跟着他来县城了。我们在县城租了房子，我儿子也来县城的一所学校念书，我每天出来擦皮鞋也能挣点生活费呢。"

顾大川听后，看着柳花高兴地笑了……

1

　　自从给黑妹弄了头发后，顾大川就再也不怕给女人弄头发了，但一般年轻的女人还是找小陈他们弄，他仍是给那些中老年男子剪大平头。

　　顾大川不在乎这些，他只觉得能找到这份工作不容易，所以他就一天都不耽搁，天天上班，就是赶集天排起队的人找他理发，一整天下来他累得腰酸背疼，但他仍十分开心和满足。

　　有一天，欧和和一个中年男人走进店里，顾大川以为欧和又是来找他理发的，可他们进来后就这儿比那儿看，那男人说："我这门市租给洪老板两年多了，合同很快到期了，如果你出的房租比她高，我就收回再租给你。"

　　欧和到处看了看说："这儿当街，又是村民赶集进街的场口，很好，这门市我租了。"

　　那男人说："欧村长，那租金肯定比洪老板高才行。"

　　欧和说："你放心，租金嘛，好商量，我得把这儿重新装修一下，开个化肥代销点，生意肯定很好。"

　　顾大川明白是怎么回事了，他认为欧和又是冲他来的，他气愤地说："欧和，人家在这儿开理发店开得好好的，你又来抢别人租得好好的门市干啥，门市这街上到处都是，你去哪儿租不好，偏要来这里，你安的啥心？"

欧和说："你又不是房东，也不是这个理发店的老板，关你啥事？房东在这儿，这门市是他的，他想租给谁租给谁！"

顾大川说："你又是冲着我来的吧？那好，我不在这儿干了，你可别让他们没工作了。"

欧和冷笑了一下说："我冲你来？顾大川，你三张纸画个人脑壳好大的面子，你以为你真是个人物呀，我能冲你来吗，你也不掂量一下，你有几斤几两？"

说罢，欧和和那男子走了出去，欧和又回过头来说："顾大川，如果这门市租给我了，理发店开不成了，你就没事干了。到时你来求我，说不定我心情高兴时，还可以让你帮我守守这化肥门市什么的。"

顾大川想，他就是饿死也不会去找他欧和的，但看他得意忘形的样子，也懒得理他了，他又继续给别人理发。

这个月底，老板发了工资后，就叫大家别来上班了，另外去找工作，说这个门市房东另外租给别人了，顾大川只能收拾起东西回家去了。

2

那天，石萍回来了，她穿着打扮很时髦，言行举止给人一种成熟稳重的感觉。她是代表深圳一家公司来考察一个农业综合开发项目。

欧和早就得到镇里通知，他做了精心准备，把新修好的村办公室打扫得干干净净，又叫来村委会全体成员，早早在那里迎候。不一会儿，长长的车队开进了村里，村长欧和出面迎接。当他看到从车上下来的大老板是石萍时，他简直不敢相信，他问道："石萍，怎么是你？"

陪同石萍来的，有县里的王副县长，还有县相关部门的领导及镇上的陈镇长，王副县长见欧和这样问，他批评道："这是深圳公司开发部的石经理！"

欧和马上毕恭毕敬地说："欢迎石经理！"

他们来到新修的村办公室，欧和忙着倒茶，递烟，忙了好一阵后，陈镇长介绍道："这是欧和，欧村长。"

石萍看都懒得看他，只是把目光转向这幢刚修好的办公楼，说："欧村长，真行，什么时候把这儿变成村办公室了。我没记错的话，这里原来是理发店！"

欧和笑道说："才修的，这儿当道，方面村民办事！"

王副县长马上说："这次石经理回来，是来考察准备在你们村投资一个农业综合开发项目。这个项目如果建成的话，加上观光农业，餐饮文化等，能解决当地近 100 人就业，每年能为财政增收 100 多万的税收，还能让当地老百姓增收致富。镇、村必须积极配合，争取这项目早日建成。"

陈镇长说："好的，我们积极配合。石经理，你有什么要求，尽管提出来，我们尽力支持。"

石萍没出声，而是到处走走看看，回到久别的故乡，她感慨万千。

看了好一阵，她觉得这里山清水秀，没有任何污染，是个农业综合开发的好地方，便对王副县长说："王县长，我看这里适合搞农业综合开发，我回去后尽力向我们公司陈经理汇报，尽快做出项目论证书，争取把这项目落实。"

王副县长笑了说："听了你这话，我就放心了。"

石萍说："王县长放心，我会尽力的，因为这是我的家乡嘛！"

一会儿，车队又开走了，去到县城一家大餐厅吃饭。王副县长端起酒杯说："大家举杯，首先敬石经理一杯，原因有二：一是为石经理荣归故乡，为她接风。二是她不忘家乡，亲自回来考察，为我县的经济发展做贡献，这种精神可贵，来，干杯！"

石萍的助手小胡说："王县长，我们石经理能争取到这个项目真的不容易，她不知在我们陈经理那儿汇报过多少次，才得到这个批复。"

一轮敬酒后，石萍和王副县长连干了三杯，正在酒兴上的王县长说："石经理，我代表县委、县政府感谢你，也希望这个项目能早日落成。"

不久，由石萍亲自负责实施的农业综合开发项目终于得以实施。

这时一村民举报，从去年一月起，他家三口人的低保钱被欧和以各种理由取光。镇里接到这一举报后十分重视，由镇纪委出面展开全面调查，调查结果令人大吃一惊——欧和不但贪污了村里多户村民的低保钱，还在县里划拨到村里用于新农村建设修水水渠和便民路的专款上起了歪心，在组织修建中指示包工头偷工减料，敷衍了事，让刚修好的水渠在一次灌溉中就垮了两处，很大一笔巨款就这样流进了欧和的腰包。在查证属实后，欧和因为贪污公款和违法乱纪被判刑入狱，这真是大快人心，全村老百姓都高兴不已。

可顾大川却高兴不起来，他想到欧和虽然处处为难他，也做了很多坏事，但他们毕竟是一起玩到大的……他在家里倒上一杯白酒，又一口一口地喝起来。

3

又是一个春暖花开的时节，石萍和顾大川站在树下，看着树上开得洁白的李子花。李子树显得那么的淡然，在桃花红得耀眼的花丛中，在油菜花那耀眼的光芒下，它那洁白的花朵仿佛只是一种陪衬，就像一片绿叶，或许就像花园里一朵小花，不那么显眼，那洁白的花瓣裹着淡粉色的花蕊，在微风中轻轻摇曳，飘着阵阵清香，每一片花瓣都如一个婀娜多姿的美少女，娇羞中却更有几分狂热和自由，悠然中更有一种幽雅和含蓄……

顾大川说："石萍，没想到你现在发展得这么好，当经理了，祝贺！"

石萍笑了，说："其实，我也没想到能有今天。我这次回来，主要是负责这个农业开发项目的实施，能把这个项目引到我们村来，让那些外出打工的人能回家乡工作，也能让家乡父老富裕起来。"

顾大川笑了说："谢谢你，石萍，经过你的努力，家乡肯定会发生变化的。"

石萍说："大川，本来我想安排你来我的开发部办公室工作，但我知道这些工作你都不喜欢干，你最喜欢做的事是理发，对吧？"

顾大川轻声说："是的，我最想干的工作就是理发，可村里师傅留下的理发店没有了，本来在镇上那家理发店工作得好好的，房东不再将门市租给洪老板，却租给欧和来卖化肥了，我……还能去哪儿干理发的工作呢？"

石萍从包里拿一把钥匙交给顾大川说："欧和的事你也知道了，你原来在镇上理发的那个门市现在被房东收回了，我前天去租下来了，三年房租我也全交了，你就好好在那里去干你喜欢干的事吧。这是钥匙，你收好，明天我安排人来帮你装修。"

顾大川简直不相信，他看了石萍好一阵都没回过神来，他说："真的呀？"

石萍说："真的，我看你这些年来啥都干过，只有这理发才真正适合你，现在你终于有个理发店了，你再招几个人，现在你成老板了，好好干，相信你肯定会干好的。"

顾大川终于听明白了，他很有信心地说："谢谢你，石萍，我会干好的。"

石萍走过去，她想伸手去摘树上的李子花，可没摘到，顾大川走过来，伸手给她摘下一朵李子花，递给她说："石萍，你还喜欢这李子花吗？"

石萍接过花，高兴地闻了闻，笑了说："喜欢，永远都喜欢！"

顾大川问："石萍，你现在还是一个人吗？"

石萍笑了，没直接回答，却说："大川，你也不小了，也该成个家了吧。"

顾大川叹息一声，说："先不说这个。哎，石萍，你替我租门市的钱，到时我一定付你，你看是每月付你还是年底一起付？"

石萍说："你别付了，就算我入股，到时你分成给我就行。"

顾大川疑惑不解，他看着石萍说："石萍，你说分成，到底怎么分？我真搞不懂这个。"

石萍笑了说："总有一天你会搞懂的。"

过了几天，石萍就回深圳了，这里的事就由她的助手小胡负责。

顾大川整天忙镇上理发店里的事，他不但亲自给人理发，还招了好几个经过正规培训的理发师……只是他的头发梳得光亮，穿着崭新的衣服，精神面貌很好，大家感觉他好像变了一个人似的。

没变的是他走路，仍是一拐一拐的。